上林曉 傑作小説集

孤独先生

山本善行 撰

孤独先生　目次

装丁　櫻井久
絵　阿部海太

天草土産

1

宇土《うと》半島の金桁《かなけた》鉱泉へ行く街道であった。

森は肩にかけた雑嚢《ざつのう》のなかに、読みかけの『死の勝利』と、読み古した、そうだ、高等学校の裏山つづきの茶畑のなかで、樟の丸太に腰を下ろして幾度も口誦《くちずさ》んだ川路柳虹訳の『ヴェルレエヌ詩集』を入れ、阿蘇山から買って来た木刀型の登山杖をついていた。

三重は髪を二つに分けて編んで、肩の前に垂らしていた。茶色のセルを着て、黄色い帯を結んでいた。学校へ持って行く手提《てさげ》の中に入っているのは、『少女画報』と、『扇の的』の琵琶の本と、新しいハンカチであった。草履を引《ひ》き摺《ず》るので、埃が立った。高等一年の十四の小娘であった。

日は傾いていた。馬車に二台行き違った。馭者はだらりと鞭を垂れて、馬はごとごと歩いていた。先に逢った馬車には、三角《みすみ》の港へかえるのか、おばさんの人たちが三四人、陽気な高話しをしていた。あとの馬車は空だった。汽車が宇土半島の脊梁《せきりょう》を走っているので、古ぼけた馬車どもは追いやられて、半島の腹の街道を走っているのであろう。

「金桁まで馬車にしよう！」と森が言った。

「よかたい。」

三重もすぐ賛成したが、金桁の方へ行く馬車はやって来なかった。往還の埃をかぶった草の上に長い影を引きながら、「お手手つないで」を歌いながら歩いて行った。二人は、日曜と秋季皇霊祭の二日つづきの休みを天草島に渡るつもりで熊本を立ったのであったが、三角の港に来てみると、午後三時の汽船は欠航になっていた。がっかりしたが仕方がないので、朝の汽船を待つため、今夜は金桁泊りと決めてしまった。

三角の港には無花果《いちじく》の木があった。秋の日が照り渡っていた。樺太から来た木材が駅の近くに山のように積んであった。八代《やつしろ》で紙に漉《す》くのだ。錆鉄色の腹をした貨物船が泊っていた。桟橋《さんばし》に近く、緑屋とかなんとか書いた牡蠣舟が並んでいた。天草島はすぐそこだ。岱赭《たいしゃ》色の山膚《やまはだ》を緑の濃い松が被うている。

森は天草島を見ると激しく動悸が搏《う》った。ロマンチックなものが腹の底からもくもくと盛り上って来る。

「明日はあの島に渡るのだ！」

そう思いながら、森は眩しそうな眼をして、天草の島影を眺めた。

二人は港や島を見ながら、船の綱を縛りつけた石の上に腰かけて、餡《あん》パンを食った。梨売りの女にせがまれて、梨を三つ買った。二人が一つずつ、口でぐるぐるっと皮をむいて、むしゃむしゃ食った。残った一つは雑嚢のなかへ抛《ほう》り込んだ。

「食べたくて食べたくて仕様がなくなるまで取っとくこと！」森が掟を作って言った。

「賛成！」三重が嬉しそうに歯を出して笑いながら、梨の生まっぽい匂いと、ねばねばする汁のこびりついた掌を叩き合わせた。「そぎゃん時がきっと来るばい。」

「三重ちゃんがさきに食べたがるだろう。」

「イー、自分の癖に！」三重は鼻に皺《しわ》を寄せた。

三角の港を出はずれたところに床屋があった。

「僕、髪摘むぜ。」

「お洒落せんでもよかたい。」

そう冷かしながら三重は、森のあとから床屋のなかへ這入《はい》って、森が髪摘む間、おとなしく待っていた。床屋の親爺は六十近い頭の禿げた老人で、ぶるぶる慄《ふる》う手にバリカンを持って、無雑作に刈り立てた。剝げた鏡に、うしろにいる三重の顔が映って、眼玉を円くしたり、口を歪めたり、舌を出したりして森をからかった。森もあかんべいえを仕返していたが、顔を剃るだんになると、気持がいいので居眠りをはじめた。すると、誰かがくすくすっと笑ったようだったから、はっと駭《おどろ》いて眼を開いた。三重が、なおのこと笑いころげた。

「箸が転うでも可笑しい年頃たい。」親爺が無感動に言った。

七輪で沸かした薬罐《やかん》の湯を真鍮《しんちゅう》の金盥《かなだらい》にぶちまけて頭を洗ってくれた。それでも親爺は、頭にハイカラなベエラムをつけ、顔にヘチマコロンを塗ることを忘れなかった。二つ三つ疵《きず》をつけられたらしく、口の端がひりひりした。

「金桁までどのくらいあるかなア。」

出がけに森が訊ねると、

「七合ですたい。」と親爺は答えた。

その七合の道のりを五合くらい歩いたと思う時分、荷馬車牽《ひ》きに出会った。

「金桁までどのくらいでしょう?」

「その山鼻廻るとすぐですばい。」荷馬車牽きは手綱の端で、山鼻の方を指した。

なるほど! その山鼻を廻ってみると、黄がかった稲田のむこうに、落莫とした村落があって、鉱泉場の煙突が箒で掃き残したように白い雲の散った空に聳《そび》え、煙は夕方の村落の上にたなびいていた。

2

浴槽は破れた紙障子の向うにあった。タイル張りの流しは茶褐色に染んで、浴槽の湯は鉱物質の濁りで澱んでいた。冷泉を焚いているので、生温《なまぬ》るだった。

「早くおいで！」

森は濁った湯に唇までつかっていた。三重は障子の外で、着物を脱いだり着たりしていた。男湯も女湯も、客は一人もいなかった。

森が、薬学専門学校の校長の署名した効能書の板を見上げていると、三重は一散に、浴槽のそばまで駈けて来た。

「臭うて汚なかア。」

三重は顔をしかめ、嫌や嫌やらしく浴槽のなかへ爪先を入れ、それから足首、こむらはぎ、と、小刻みに湯の中に浸りながら、胸から上は沈もうとしなかった。

「そんなこっちゃ駄目だ！」

森は突然立ち上って、三重の両肩を抑えて湯の中へ押し込んだ。

「いやア。」

三重は湯しぶきを立てて浴槽の外まで跳び出した。が、また浴槽の中へ戻って来ると、今度は円みの豊かな顎が湯とすれすれになるくらい深く沈んだ。そして、横長い浴槽の一方の縁に頸《うなじ》を乗せ、ませた風に睫毛と睫毛を合わせて眼を閉じた。

森も片一方の縁に頭を乗せた。

「かアちゃん今夜一人で淋しいだろう。」森が静かに言った。

「お転婆《てんば》が居らんてっちゃア、せいせいして大喜びですばい。」

三重はおはぎ屋の娘だ。おふくろと二人暮しで、琵琶がうまいので、おふくろは将来琵琶のお師匠さんにしようともくろんでいる。おふくろは痩せ萎《しな》びて、顔は雀斑《そばかす》だらけだが、きさくで、まめで、高等学校や高工の学生たちがいつも店先でごろごろしている。森も、硝子戸の中のおはぎや阿倍川餅を自分で勝手に皿に盛ってむしゃむしゃ食っている常連の一人だった。だが、彼とおはぎ屋の親子との関係は、他の連中よりぐっと深くなって行った。第一、おふくろが森の郷里の都会に二三年住んでいたことが判って以来、何か知ら共通なものが生れて、気が合った。それから、娘の三重が、「森さん、森さん」と言って、森の方に一番なついて来た。筋張った、背の高い男だが、飾り気がないから親しみ易いのだろう。それから最後に、森が三重を好きになってしまった。勿論、おはぎ屋に出入りする連中は、この早熟な、琵琶を弾奏する少女を好きな連中ばかりだったが、中でも森は、じっとしていられないような感情に駆られてしまった。それで、三重の出る演奏会を欠かさなかったり、活動に連れて行ったりするだけでは我慢出来なくなって、とうとうおはぎ屋へ同居することになった。受験生時代から二年もいた下宿のおかみさんは、おはぎ屋の親子と同居するのは堕落だと憤慨して引き止めたが、森はきかなかった。さっさと荷物を運んでしまった。おはぎ屋では三人食卓も一緒だし、全く家族の一人のようにして暮らした。朝寝していると、必ず三重が蒲団をめくって、森を起した。これを恋愛と言えば、森には不純な気持がした。しかし彼の気持は、紛《まご》う方なき恋愛であった。ただ相手があまりに無邪気すぎるのだ。

森は湯から出ようとして立ち上った。

「森さん、臍《へそ》が二つで可笑しかなア。」

眼をつむっているはずの三重が、そう言って笑った。森は中学時代に虫状突起炎を手術したので、その疵痕が皺んで、おなかにもう一つ臍があるように見えるのだ。

「雷さんに一つ取られたって大丈夫たい。」と森は応酬した。「それより三重ちゃん、僕の背なか、一寸《ちょっと》擦ってくれない。」

「おどんば、むごう上手たい。いつもかアちゃんば洗うから。」

三重はませた手つきで、森の背なかを石鹸で洗い、湯をかけ、手拭を肩に巻いて、その上からまた湯を流した。それから、首根っこをとんとんと叩いた。

「よし。今度は僕がやったろう。」

だが三重はきゃっきゃっ騒いで、跳び出して行った。


小さい蛸の煮〆めで夕食をすませ、散歩に出た。散歩に出る頃は、湯殿は村の男や女でごったがえしていた。

宿のすぐ前は、ここの鉱泉からサイダーを造る大きな工場だ。ぐるりが塀で、厳《いかめ》しい門がある。納戸色の着物を着た奥様風の女が、湯道具を提げて出て来た。鉱泉宿へ行くのだ。

稲田の間を歩いた。案山子《かかし》が立っていた。

野の路が尽きると、海岸に出た。枝振りのいい老松の下で子供等が遊んでいた。海には潮がいっぱいだ。すぐ向うに戸馳島《とばせじま》の岬が腕のように突き出ている。大きな白帆が戸馳島を隠しながら辷《すべ》って行く。

櫨《はぜ》の木の並んだ堤を歩いて行く。長く延びた堤の草の中に寝ころんで、休みに帰省している師範学校の生徒がハモニカを吹いていた。

先端に一本松があって、それから間を置いて数本の松の並んでいる岬へ出る。松の木の根元に石地蔵がある。そのそばに、火の点らない一軒家がある。海も暗く暮れて来た。なんだか無気味な景色である。

「もうかえろうよ。」

三重が淋しそうに小声で言った。そして淋しさに堪えられないように、森の方へ肩を凭《もた》せて来た。森たちは、そこにそうして暫く立っていた。

その間、彼の眼は、遠く三角形に聳えた山の下に、三角の港の灯がきらきら輝いているのを見詰めていた。

3

六時半、三角港出帆、天草に向った。

艫の所に莫蓙《ござ》を敷いて、島へ渡る人々が集っている。森たちは後甲板に置いた腰掛に腰をおろして、手摺《てすり》に凭れた。

船は島と島との間を進む。波は殆んどない。島の緑と岱赭色、海の青、べたべたと濃い色彩だ。秀麗な島原温泉岳の山塊《さんかい》は雲に包まれて見えない。

森は強烈な南国的な景色を目で見ながら、昨夕一晩過した、寂れた金桁鉱泉場の情景を心の中から消すことが出来なかった。金桁の情景をもう一度じっくりと反芻してみなくては、新しく展開しはじめた景色の理解に這入って行けないような気持がした。

今朝二人が金桁を立ったのは、五時前の暁闇だった。村は静かに寝静まっていた。顔の青いおかみさんが玄関まで見送ってくれた。

隣室で、自炊をしながら、病気湯治をしていた老婆の咳も、まだ耳に残っている。

朝四時に起きて湯に入ると、窓の外に星が大きく輝いていた。その星の光を見ると、俄《にわか》に心が躍って今日の旅にあこがれた。その、今さっきまであこがれていた島の景色を、森は今目の前にしかいと見ているのだ。だが、しかいと見ているはずなのに上の空でしか見ていないような気持なので、森は心を引き緊《し》めて眺め直した。

合津《あいつ》という所に船が泊った。石の名産地だそうだ。切口の青い、角々しい岩が一面波に洗われている。艀《はしけ》が漕ぎ寄せて来たが、客は一人も乗っていない。皺くちゃの郵便袋を二つ三つ積んでいるきりだ。

森と三重とはツウ・テン・ジャックをはじめていた。三重は草履でばたばた甲板を踏みながら、口癖の「青い月夜の浜辺には、親をたずねて鳴く鳥の……」を歌っていた。膝の上のトランプを時々海風が持って行きそうになった。たまたま三重のトランプが一枚、甲板の上を飛んで行くと、手摺に凭れていた、ゲエトルにゴム靴をはいた男が持って来てくれた。その男はそのままそこにいてトランプ競技を見ていたが、マイナス五だとかプラス十だとかいうのが判らないらしく、口の中でプラスだとかマイナスだとか呟いていた。

「黒島が二つありますよ。」

その男が突然、経木《きょうぎ》の古帽子を風に取られそうになりながら、二つの黒島を指さした。一つは大矢野島の近く、一つは汽船の通るすぐそばにある。二つとも非常によく似て、皿状だ。すぐそばの黒島は一面畠で、瓦葺《かわらぶ》きの家が一軒あるきり。崖の下に小舟が一艘繫いである。あの家の主は島の主で、小舟は島から島へ用足しして歩く下駄にちがいない。

それから森はその男と気安くなって、トランプをしながら話をした。蚕業の講師だそうだ。支那の芝罘《チーフー》、香川県、球磨《くま》の山の中まで行ったことがあると話した。

赤崎《あかさき》。本渡《ほんど》。本渡には煙突が一本見える。明日は富岡からここまで陸路を歩いて来るのだ。

佐伊津《さいつ》。御領《ごりょう》。浸蝕された黄灰色の土に、松の枝振りが美しい。御領の艀は、夫婦で艪《ろ》を押している。女房の背には、額をてらてら陽に光らせた子供が、仰け反《のぞ》って眠っていた。

三重には景色はあまり面白くないらしい。トランプをやめてからは『少女画報』を開いていたが、急に姿勢をしゃんと直したかと思うと、琵琶の本を広げて「扇の的」を歌いはじめた。陽に焼けた頬は林檎色にほてっているし、耳たぶは赤蛙のように透きとおっている。鼻のてっぺんに大きな汗の玉が二つ三つとまっている。一旦歌い出すと、端然として、もうあたりのものには心を配らず歌のなかに入り込んでしまう。

すると、少女ながらも犯しがたい、近づきがたい厳粛な姿となる。森自身、一寸手出しが出来ない。歌のなかに何もかにも打ち込んだ、この緊張した姿が、森は好きだ。森は手摺の上に頬杖ついて、斜横から三重の赤い受け唇の動くのを見ていた。

三重が歌い出すと、甲板の上のざわめきは急に静まって、皆の顔がこちらを向いた。初めは誰が歌っているのか判らないいらしかったが、それが少女の琵琶歌いだと判ると、皆の眼は輝いた。退屈な船旅を慰められるような気持で、皆しんとして聴き入った。

だが、間もなく船は亀島沖に来ていた。ここから島原半島に至る間は浪が荒く、白い浪が兎のように走る。船がひどく揺れはじめた。早崎の瀬戸というのであろうか。

「胸が悪るか。」

三重は急に琵琶歌をやめて、胸を叩いた。顔が青ざめた。

「船に酔うたんだよ。寝るとよか。」

森は三重の肩を抱えて、アンペラの上に寝かせた。そしてその枕許に坐って、雑嚢を枕にしてやった。

「吐きたくない？」

「まだ吐きたくなか。」

三重は暫く眼をつむっていたが、今度眼をあけると、驚いたように海の方を指して叫んだ。

「あの白帆！」

このあたり海いっぱいの白帆だった。

それからまた三重は胸苦しさに眼を閉じた。森は三重の顔を見つめていた。

すぐ隣で、この五月から船に乗り込んだという小さなボオイと、もと外国通いの貨物船にいたという男とが話をしている。船の動揺にあおられて、船じゅうがしいんとしているので、その男たちの話がよく聞える。それを聞くと、そのボオイは月給五円で、兄貴はこの船の事務長をしているらしい。男は頻《しき》りにこの小さなボオイを激励している。

「しっかりやれよ。船長になれるぞ。船長と事務長と、どちらがよかぞ。事務長は会社に出れるぞ。」

二江《ふたえ》という港で、蚕の講師という男が再会を約して降りて行った。

通詞島《つうじしま》と、松の生えた景色のよい岩鼻の間を通り抜けると、次ぎは志岐《しき》の港だ。ここでは波が殊にはげしく船腹に砕けて、森も気持が悪くなり、三重と打ち違いに横になった。

「ああ梨が食べたか!」

三重が眼をつむったまま、薄ら笑いを浮べながら言った。

「よし!」

森は昨日の梨を出して、皮を剝《む》くと、それをぐったりした三重の口へ持って行った。三重は一口食いついて、「ああ、おいしか!」と叫んだ。そして、「森さん、どうな?」と言うので、森も一口食べた。それから三重は梨を片手にもって、食べてしまうと実《さね》は海の中へ放り込んだ。

――船はとうとう目的の富岡港に着いた。半島の首に群った港町、砂嘴《さし》に列《なら》んだ松の木、砂嘴に抱かれた袋浦。

4

富岡の町は長い一本町で、秋風のなかに秋季皇霊祭の旗が出ていた。浅田屋という旅館であった。海に向いた雨戸はみんな閉ざして薄暗い。森が雨戸を一寸開けて海を見ようとすると、はげしい風が吹き込んで、障子がぱたぱたとはためいた。海は真っ青だが、風のために白く躍っていた。竹を編んだ露台に出ると、浜は遠く沖まで干潟になっている。さっき乗って来た船が、尻をこちらに向け、茫《ぼう》と霞んだ島原半島に向って進んでいた。

昼食の給仕は十三四の少女だったが、ませた話しぶりだった。熊本へ行ったことがあるかと森が訊ねると、父は長崎、母は熊本だったが、母が死んでしまって熊本へ連れて行ってくれる人がないから、まだ熊本は見たことがないと言った。

すると今度は、静かに食事をしていた三重が引きとって言った。

「おどんの父っちゃんば伊予の松山たい。ばってん、死んじもうたけん、おどんももう松山ば行けんたい。」

森たちはひるをすませて浜におりた。広い干潟だった。向うに鳥居が見える。二人は駈けっくらをして鳥居に近づいた。行ってみると雲龍山と書いたお寺だった。

「お寺たい。」

三重がぽかんとして言った。静かな庭に百日紅《さるすべり》が赤く咲いていた。鐘楼もあった。氏神様の富岡神社は、寺の真うしろで、別の道から行くようになっている。その鳥居が寺のまん前に立っているのだった。

宿にかえって、浴衣にくるんで寝転んでいると、睡《ねむ》たくなった。戸の隙間から風が吹き込んでうそ寒い。女中が枕と丹前を持って来たので、森も三重も眠ってしまった。

森が眼をさますと、庭のほうの閉めきった障子の面に夕陽が明るんで、藤棚の影が動いていた。有明海に潮が満ちて来るのか、雨戸の外には浪の音が高まって、風も勢いを増している。

「お湯が立ちました。」

都会風な言葉遣いをする女中が出て来て言った。

「着物を置くところがありませんから、脱いでおいでなさい。」と附け加えた。

森は裸になって、自分達の部屋から、別棟の湯殿まで下駄をひっかけて走って行った。円い浴槽《ゆおけ》で、手をつけてみると熱くて入れない。

「水ば入れてはいよ。」と叫ぶと、さっきの女中がバケツに水を入れて持って来た。三ばい入れて、やっと入ることが出来た。森が顔を歪めながら湯の中へ沈んでいると、去りがてにしていた女中が、「弱虫やーい」と冷やかして、笑いながら出て行った。

森が出ると、代って、三重がお湯へ行った。

森が部屋で一人『死の勝利』を読んでいると、今の女中が入って来た。枕や丹前をそこの押入れに始末しながら、「ねえ、ねえ」と頻りに話しかけた。高等学校の書生さんはやんちゃだとか、天草の郡長さんは雇から練り上げた人で、風采は上らないが、高等官四等だとか、この夏天草へ地質の研究に来て滞在した理学士の農商務省の技師が森に似ていたとか、言った。森には話させないで、自分一人で饒舌《しゃべ》った。

一通り部屋を片附けると、女は雨戸をがたっと五六寸明けて、

「浪が大きいですよ。来て御覧。」と言った。途端に、浪のしぶきが女の顔にかかった。

森は女のそばへ立った。二人は雨戸で風としぶきを除《よ》けながら、両方から顔だけ出して海を覗いた。遠く霞んだ島原半島の方からうねうねと濁った波が寄せて来る。寄せて来た波は露台を洗って、部屋の中までしぶき込む。昼の干潟は二三十尺の海底になってしまった。干満の差がこんなにはげしいとは思わなかった。

「あの月、御覧なさい。」と女が言う。十四日の月が昇って間もないところだ。濁浪の上で、影が砕けている。波が騒げば騒ぐほど、悠《ゆ》ったりとした月の姿だ。これは、思いがけなく雄大な眺めだった。

「波の荒れているところがいいですよ。」女は森の肩のところで身ぶるいをした。唇が紫色で、頰のあれた女だった。だが変になまめかしい感じがあった。

その時またしぶきがやって来た。そいつが森の額にかかった。女は直ぐ白い前掛で拭ってくれた。

そこへ三重が湯からかえって来た。


夕食の給仕は、その女だった。また一人で饒舌った。

「今日はお彼岸の中日だから、お日さんはくるくる廻って落ちたでしょう。外海の方で見るととてもきれいだわよ。」と言った。森は天草洋の落日を見なかったことをたいへん残念に思った。

「後片附けがすんだら、お月見に案内しますわ。」と言って、給仕を終えた女は部屋を出て行った。

「おしゃべり！　むごう好かん。」女が出て行くと、三重が膨れっ面をして反感を示した。

森と三重とは思い思いに寝転びながら本など読んでいた。そこへ一寸後片附けの済んだ女が薄化粧をしてやって来た。

「お月見に行きましょう。」

そう言って、腹這っている森を引っ張り起した。

「あなたも行きましょう。」と三重も誘った。

「三重ちゃんも行こう。」森も口を添えた。

「おどんばむごう睡むたか。さきイ寝ますたい。森さんば行きなはれ。」三重は拗《す》ねている。

「三重ちゃんも一緒に行くといいなア。」

だが三重は『少女画報』から眼をあげなかった。

「じゃア、あたしたち、一寸行って来ましょう。」女は急き立てた。それから三重に向って、「あなた待っててねえ。すぐかえって来るから。」ともう出構えである。

森はこの女といっしょに行くことに強く心が動いた。三重を一人残して行くのは可哀そうだし、拗ねているのが気にはかかったが、彼の気持は、もはや女の方へずるずると引き摺られていた。

「じゃア、すぐかえって来るからなア。……ちょっと月ば見て来るたい。」

森は女と肩を並べて、暗く静まった人家の間を歩いて行った。女は袖の中へ手を入れて、肩をすぼめていた。女はまた一人で饒舌った。

すぐ外洋の海辺へ出た。ここはまた袋浦とは反対に、穏かな波が真砂を嚙んでいた。富岡の町はそれ自身防波堤の役目をしているのだ。月は高く小さくなっていた。潮煙に煙った沖の方から、月の光を浴びながら漁船が四五艘漕ぎかえって来た。

森と女とは、浜に繫いだ舟に腰をおろした。森は女と二人きりになると、なんだかがたがたと身慄いするような寒けを感じた。

「あの女の方はだれ?」女が三重のことを聞いた。

「下宿の娘だよ。」

「いくつ?」

「十四かな。」

「十四にしては大きいわ。」

「琵琶がとてもうまいんだよ。」

「お嫁さんにするつもりでしょう。」

「まさか！」

　暫くして女がまた言った。

「また冬休みにいらっしゃいね。」

「天草の冬は淋しくてつまらないだろう。」

「そんなこと言うもんじゃないわよ。」

　女が森の膝を抓《つね》った。

　森はそのとき、ふと、三重のことを思い出した。すると森は、誘惑に負けてはならぬぞと、身を固くして腕組みをした。

「冬がつまらなければ、来年の夏いらっしゃいね。」と、暫くして女がまた言った。

「来年の夏はもう熊本にいないよ。東京へゆくから。」

「そう。じゃア、仕方がないわ。男って、いいわねえ。どこへでも飛び立てるから。わたしなんか、津浪でも来れば、島と一緒に死ぬる覚悟だわ。」

森は、危く女の気持に誘われそうになった。彼は立ち上って、渚の方へ歩いて行った。

「いやなひと!」

女が叫びながら、うしろから駈けて来た。


森が宿にかえると、三重は蒲団を敷いてもらってもう寝ていた。眠っているのか、森が入って行っても、仰向けに電燈に照らされた顔の表情はぴくりとも動かなかった。

森は罪を犯して来た人のように自責しながら、そして一方、三重がいとしくてならなかった。彼は三重の寝息を窺ってやろうと思いながら、三重の顔へ顔を近づけていった。すると、眠っていたはずの三重が、静かに顔を向うへそむけた。

森は照れながら、ゴオガンの書いた、タヒチ女の嫉妬を思い出していた。

5

朝日を受けて、富岡の宿を立った。雑嚢の中には梅干のはいった握り飯が二人分入れてあった。

女中たちは、「浅田屋」と書いた硝子戸のそばに立って見送った。一町くらい行って、うしろを振りかえると、昨夜の女中だけ一人残っていて、ハンカチを振った。森は帽子を脱いで、振った。それでもなお足らずに、「さようなら」と大きく叫んだ。女の「さようなら」という声がかえって来た。三重は振り向きもしなかった。

彼等の今日のコオスは、昨日の汽船の航路を逆行して、陸路を行くのだ。志岐を過ぎると、海岸沿いだった。森はビスケットを頬張りながら、何度も何度も富岡を振りかえった。浅田屋もそれと判った。岡の上の小学校も、金比羅様も見えた。彼は、昨夜の夢をあすこに残して来たような気持がした。後髪を引かれるような気持だった。

三重は、そのそばで、浮かぬ顔して歩いていた。物もあまり言わなかった。

肥桶を荷《にな》った女に出会ったので、地図を見て歩いていた森は、坂瀬川ですかと訊いてみた。上津深江《こうつふかえ》だと女は答えた。それを聞くと、森は天草へ渡って初めて、天草の地の言葉を聞いたように思った。

「ここで、一ちょう、休もうたい。」

二江の手前まで来ると、森が先に立って路ばたの草を藉《し》いて坐った。彼はそこで、富岡の町に最後の別れを惜しむ気持だった。焼杉の下駄を投げ出した森の足は埃だらけだった。三重はあとにつづいてハンカチを敷いた。崖の下は海だ。波が静かに岸に寄せている。波の向うに、三時間前に後にした富岡の半島が突き出ている。家並は殆んどわからないが、富岡という町全体が波の上に浮いている。「津浪でも来れば島と一緒に死ぬる覚悟です」と言ったあの女の言葉を森は思い出した。だが、今見る富岡の町は海の歌に愛撫されているように見える。

森と三重とは、草の上でこんな会話をした。

「おどんば、天草ば来なけりゃ、よかったたたい。」

「どうして。」

「どうしてでん、面白なかもん。」

「どうして面白なかぞ。」

「森さんば、天草へ来てから変ったたたい。」

「そぎゃんこつなか。」

「自分では判らんたい。」

暫く間をおいてまた三重が言った。

「森さん、宿の女中さんば好きじゃろたい。」

「好きじゃなか。」

「じゃア、女中さんが森さんば好きじゃろ。」

「そぎゃんこつなか。」

「そんならええたい。」そうは言ったが、三重の浮かぬ顔はほぐれなかった。

二江の町を外れると、海と別れて山の間を行くのである。汽船の汽笛が聞えて来た。昨日この沖を通った頃だ。

田は刈入れの最中だった。田の畔《あぜ》には赤い曼珠沙華がいっぱいだった。日が強く照る。

濁った小川の竹藪の蔭で弁当を食った。二人ともぐったり疲れて、睡くなってしまった。三重は足のまめが痛んだ。

通りがかりの茶店でラムネを飲むと、二人とも少し元気が出た。休んでいる間に馬車が通って行った。御者はここまで来ると車からおりて、筧《かけい》の水を汲んで馬の首へかけてやった。

天草中学の小さな中学生に出会った。本渡までどのくらいある？　と森が訊ねると、約一里あります、と答えた。

やがて、野の向うに、秋日に光って、天草の都、本渡の甍《いらか》が見えて来た。森は古い都へ来たような感じだった。そのくせ、本渡は富岡より新しい町だそうだ。若《も》し、切支丹のお寺の尖塔でも光っているとしたら、森の感激はどんなだったろう。どこかにそんなお寺がありそうな気がして、森は町の空を見廻した。だが、そんなもののあるはずはなかった。「天草本伊曽保物語」や「天草本平家物語」を印行した天草学林のあったのも、もう遠い昔のことなのだ。

旅人らしく、二人は海岸の防波堤へ行って、石垣の上へ疲れたからだを横たえた。遠い干潟の向うに海は帯のように青い。干潟では、浅蜊《あさり》採る女子供が群れている。涼しい風が吹いた。

「早う、熊本へかえりたか。」と三重が溜息まじりに言った。

「かあちゃんの乳ば飲みたかじゃろ。」

「そうでもなか。」

「急がんてちゃ、明日の朝はかえれるたい。」

「いっときも居りとうなか。」

二人はまた街にかえって、バラック建てのラムネ屋へ這入った。一日陽に照らされたので、咽喉がからからだった。天草の地の生活が知りたかったので、簡単な夕食は出来ないかと人の好さそうな亭主にきくと、出来るという。ここで夕食を食べることに決めて、近所にお寺かなんかないかと訊くと、金慶寺という寺があると言う。行ってみると、殺風景な寺で、小さな池に蓮の葉が枯れていた。

「こぎゃん寺、つまらんたい。」と三重が失望を示した。

「ほんに、つまらんなア。」と森も言った。

寺からかえってみると、亭主は夕食の支度をしていた。莨蓙を敷いた板の間の座敷で、五十恰好の旦那風の男が寝そべって、「現代策士伝」という本を読んでいた。川尻まで行くのだから、同行しようと森に言った。亭主の知合いらしい。

夕食は四人一緒だった。菜は、馬鈴薯と里芋と蒟蒻《こんにゃく》の煮〆め、それに大根葉の漬物だ。三重は一杯食べたきりだった。漬物だけ食って煮物には手をつけなかった。

「むごう、食べなさらんな。」と亭主が言った。

「富岡から歩いたから、参ったんですばい。」と森が引き取った。

亭主は天草名物の芋焼酎を森にすすめたが、森は断った。二人の男はコップに砂糖を入れて、うまそうに飲んだ。

食事をしていると、大きな白い豚が庭から土間を横ぎって、向うの街へ出て行った。

「大きな豚！」と茶を呑んでいた三重が、驚いて、思わず森に取りすがった。

「二十四貫ありますばい。」と亭主が豚のあとを見送った。

森が庭の厠《かわや》から出ると、上島《かみしま》の上へ、十五夜の月が出た。山の上が黄金色になったと思っている間に、大きな月が顔を出したのだ。天草全土が俄に月の光を浴びた感じだった。手水鉢《ちょうずばち》に甕《かめ》の水を汲もうとすると、瓢簞《ひょうたん》が柄杓《ひしゃく》代りに浮いていた。

亭主は、川尻へ行くという人を見送りに大門《おおもん》の港まで行くと言う。森たちと連れ立つことになった。亭主は戸を閉めて、提灯《ちょうちん》に火をつけて、自転車を押した。大門まで小一里だ。森は三重の腕をかかえた。

「さア、元気を出して。」と森が気を引き立てた。

「ねえちゃん、大丈夫か。」と亭主が三重に訊いた。

「大丈夫ですばい。」と三重は答えたが、草履を引きずるので、埃が立った。

「怪しいなア。」と森が言うと、

「兄ちゃんに、おんぶしてもらうとよかたい。」と川尻へ行くひとが言って、皆が笑った。

街を下って行くと、対岸の上島が火事だと大騒ぎだ。さっき亭主のうちから見たときは、小さな野火だろうと思っていたが、見る見る拡がって行くので、火事だろうと言っていたところだ。消防夫、巡査、青年などが自転車を飛ばせる。喇叭《らっぱ》の音がきこえる。

子供等は刈田のあとに集って、藁を持って騒いでいた。今夜は名月だから、綱を拵《こし》らえて綱引をするという。そう言えば、もと病院だったという大きな製糸工場には装飾電燈がきらめいて、女工たちの名月の会が催されていた。

上島と下島《しもしま》を繋ぐ本渡橋を見に、一寸脇道をした。亭主が自慢なのだ。鴨緑江の橋を除いては日本にはないという大きな廻転橋だった。橋の上に暫く立っていたが、凪が凪いでいて帆船が通らないので、橋は廻転しなかった。亭主の話では、この橋の落成式は天草始まって以来の賑わいで、渡初《わたりぞ》めの式には、四十七人から成る一家が先《ま》ず渡ったそうだ。六夫婦半あったという。

大門の汽船待合室には、九州本土へ渡る人たちがいっぱい寝ころんでいた。森と三重もその間へ分け入って、向い合ってごろりと横になった。枕許では、頭の禿げた、古インバを着た老人が、頻りに台湾の話をしていた。川尻へ行くという人と亭主とは、近所の飲み屋へ這入って行った。

「おどんば、むごう睡むたか。」

三重は疲れがひどいらしく、横になるとすぐ瞼を閉じてしまった。森は疲れているのに眼は冴えるので、薄暗い灯の下で、ヴェルレエヌ詩集を取り出した。一つ二つ詩を読んでいると、急に瞼が疲れてきた。一眠りしようと思って、詩集をぽたりと取り落し、ふと三重の顔を見ると、実に健やかな鼾《いびき》を立てていて、顔の表情には、一点の翳《かげ》も曇りもなかった。森は唇をそっと三重の頬へ押しつけた。

間もなく、三角行きの汽船が這入って来るらしく、汽笛の音が入海の水を渡って聞えて来た。

淋しき足跡

私はこの頃、由縁はめぐるとの感を深くすること、しばしばである。嘗《かつ》て遠い昔に、何の気もなく過したこと、ふとの行きずりに遭逢したこと、わが面前を横切る影を見送ったこと、それらの、最早死に絶え、意義を失い、意識の彼方に埋没されてしまっていた事柄が、二十年を隔て、三十年を隔てて、生き返って来て、意義を持ち、私に働きかけるのを、再三ならず経験するようになったのである。それと言うのも、私が五十まで生き延びたためであろう。五十年の間には、私なりに、人生の体験がさまざまあったはずである。それが、永久に捨て石で終ることも多いであろうが、むしろ見事な布石として蘇って来ることの方が多いのに、最近の私は、尠《すくな》からぬ興を覚えている。ほとほと驚歎することすらある。

これも、その一つである。

今から三十年昔、私がまだ二十歳で、熊本の高等学校に入学した当時、曾我憲平という友人があった。クラスも同じだし、寮でも同室だった。曾我君は、その翌《あく》る年の夏休みに帰省したまま、再び学校に帰って来なかった。休暇も終りに近くなった頃、腸チフスで死んだのであった。二十一歳の若い身で、郷里深耶馬《しんやば》に骨を埋めたのである。そしてここに、私と曾我君との交渉は断絶したのであった。

ところが、不思議なことには、終戦後間もなくから、あの死んで隠れた曾我憲平なる人物と私との間に、再び交渉が持たれるようになったのである。現に、私の手許に、曾我憲平遺稿詩集「淋しき足跡」及び「曾我憲平の手紙」なる二小冊子がもたらされているのである。前者は、昭和二十二年九月の発行、後者は、昭和二十三年十一月の発行である。二冊とも、詩人江口榛一《しんいち》君の仲立ちでもたらされたものである。曾我君が死んだのは、大正十一年のことである。全く夢にも思い及ばぬ気持で、私はこれらの冊子を手にしたのであった。

私はこのようなことを指して、「由縁はめぐる」と称するのであるが、そもそもの端緒は、こうであった。終戦の翌る年の初め頃、私も同人の一人に加って、先輩や友人達四五人と計って、季刊の文芸雑誌を出すことになったのだった。その第一回の打合せの時だった。私が、会場である或る中華料理店へ行ってみると、部屋の隅の椅子に腰を下ろして、火鉢に手をかざしている人があった。折返しの襟のついた、黒い詰襟服で、頭がテカテカと禿げ、禿げた周りの髪は、総髪のように靡《なび》き、一見魁偉《かいい》に見える風貌だったが、物腰は柔かだった。名乗り合ってみると、思いがけなく、これが江口榛一君であった。私達の季刊誌を出してくれる出版社の編集長として来合せていたのである。私は江口君の名前を知っていたし、詩も読んだことがあった。江口君は、満洲へ兵隊に行っていたことや、終戦当時は、鹿児島県の海軍基地にいたことなどを話した。

雑誌の名も「素直」と決まり、大体の編集計画も出来上ってから、あとは酒一式になった。私は江口君と飲み合っているうちに、どうしたはずみだったか、彼の郷里を尋ねたのであった。多分、江口君の郷里が九州らしく、九州と言えば、私には懐しい土地であるから、詳しく聞いてみる気になったのにちがいない。

「あんたは九州らしいが、九州はどこですか。」

と私は言った。

「大分県です。」

「大分県はどこですか。」

「耶馬渓です。」

「そうですか。耶馬渓なら、下毛《しもげ》郡山移《やまうつり》村という所を知っていますか。」

「山移村は、僕の村ですよ。」江口君は驚いた目をした。「どうして、僕の村を御存じですか。」

「いや、僕は生れは高知県なんだが、昔熊本の五高へ行っていた時分に、その山移村へ行ったことがあるんです。あのあたりは、耶馬渓よりずっと奥で、深耶馬渓と言うんですねえ。」

「そうです。どうしてまた、山移村なんかへいらっしゃったことがあるんです。あんな山の中の……」

「僕の友人に曾我憲平という人があったんだが、あんたは知らないかなア。その曾我君の墓参りをしたんです。」

「そうですか。曾我さんは、今や山移村の伝説的人物ですよ。とても秀才で、生きていたら、どえらい者になっていたにちがいないと、今でもみんな惜しがっていますよ。僕はまだ子供だったから、朧《おぼろ》げにしか知りませんがねえ。」

「曾我君のことを朧げにしか知らないとすれば、あんたは、今幾つですか。」

「三十二歳です。」

「三十二歳？　若いんですねえ。」意外のことに、私は笑った。江口君は、年よりずっと老けて見えていたのである。「じゃア、僕より十四、年下だ。とすれば、曾我君が死んだ時、あんたは小学校へ上ったか上らなかった時分ですねえ。よく知らないはずだ。」

「それに部落が離れていますからねえ。曾我さんのところは、桃谷と言うんですよ。」

「桃谷と言うんですかねえ。なんでも、往還から山径伝いに、林の中を抜けたり、水の流れている谷川を渡ったりして行った。」

「僕はまだ桃谷へは行ったことがないんですよ。何んにしても、あなたが曾我さんとお友達で、僕の村へいらっしゃったことがあるなんて、奇縁ですねえ。」

「奇縁ですねえ。」

私と江口君との間には、話が弾んだ。私はせっかちに、あれもこれも話したい気持で、山移村を訪れた時のことを、掻《か》いつまんで話した。

あれは、大正十一年の暮の冬休みのことであった。私は友人三四人と一緒に、九州横断の旅に出た。その中には、後に万葉学者となり、広島の高等学校教授時代に、原子爆弾で死んだ中島光風君も交っていた。現在板橋の養老院で副院長をしているとか聞く田尻俊介君も一緒だった。私達はまだ暗いうちに、高等学校に近い龍田口の駅から汽車に乗って、阿蘇に向った。どこの駅で降りたかは忘れてしまったが、外輪山を登りはじめた頃、夜が明るんで来たようであった。私達はリュック・サックを背負い、その上にマントを纏《まと》い、焼杉の下駄をはいて、阿蘇の登山杖をついていた男女の師範学校の生徒達も、私達と前後して、帰省の途に就いていた。時折雪のこぼれて来るような冷たい日だった。檻の中に熊を入れた車を牽《ひ》きながら、熊胆売りがやって来るのに会ったりした。

　その晩の宿は、奴留湯《ぬるゆ》という所だった。その名の示す通り、温《ぬ》る湯の湧き出ているところだった。宿から少し離れた場所に、掘立小屋の共同風呂があって、湯槽《ゆぶね》はごろ石を畳んだだけのもので、村の人達と一緒に、その石のごろごろした湯の中に漬かるのだが、湯が温るくて、肩から上を出す気持になれないのだった。正月を間近かに控え、宿の部屋には餅がいっぱい並べてあった。朝起きてみると、ガラス戸の外の梨の木の棚に、まっ白な霜をかずいたまま、鶏が夜を明かしていた。窓から見る湧蓋山《わいたさん》のてっぺんには、一夜のうちに、塩を撒いたように、雪がかかっていた。湧蓋山は、社会運動家だった麻生久の自叙伝「獨流に泳ぐ」にも書かれている。大分県の僻村《へきそん》で、湧蓋山の見える所で育ったのだ。円錐形になった、形のいい山で、全山茶褐色の枯草に膚《はだ》を被われ、それにま新しい雪がかかっているのであった。その美しかった姿は、今に忘れることが出来ないでいるほどである。私はその旅の後、富士山の夢を見たことがあった。目出度い夢であった。しかしその当時、私は富士山というものを、まだ一度も見たことがなかった。絵や写真で知った富士山のはずであったが、夢の中で、その富士山は、徐々に湧蓋山に変って行った。後になって私は、富士山に比べれば、湧蓋山は箱庭の山に過ぎないことを知った。

その日は快晴であった。私達は、陽の当りはじめた湧蓋山の姿を見返りがちに、歩を進めて行った。熊本県と大分県の境界標も通り過ぎて行った。森という町なども通って行ったように覚えている。その晩の宿は、深耶馬渓に入って、鹿鳴館という宿であった。山に刳ったトンネルを抜けて、暫く行った所にあった。どこかで、岩を割る音がしていた。一帯は、山深い谷間であった。

翌る日も快晴であった。私達は朝日に照らされながら、霜の置いた往還を降って、柿坂に向った。「耶馬渓紀行」を書いた頼山陽が、最後に筆を投じた所である。鹿鳴館を出て、一寸《ちょっと》の所まで来た時だった。向うから、同じ高等学校の生徒が二人やって来るのを、私達は認めた。一人は下級生で見覚えがなかったが、一人は小倉《おぐら》君と言って、中津中学で曾我憲平君の同窓であった。寮の時分には、私と曾我君の室へ、度々遊びに来たことがあった。私と将棋を指したこともあった。私の本箱の本を持って行って読んだこともあった。

「やア。」と、私達の一行と彼等とは、手を挙げ合った。

「どうしたんかねえ。」と小倉君が磊落《らいらく》に尋ねた。

「阿蘇の外輪山を越えて、ここまでやって来たんだ。これから柿坂に出て、羅漢寺へ行って、中津で泊るつもりなんだ。」と私達は言った。

「そうか。」

「あんた達は、どこへ行くところなの。」

「僕達は曾我君の墓参りにやって来たんだ。」

と小倉君が答えた。

「そうか。曾我君の家は、このあたりなのか。」

私は驚いて、下毛郡山移村というのは此処《ここ》なのかと、あたりを見廻すようにして言った。

「曾我君の家は、僕もまだ行ったことはないんだが、この先を一寸行ったところから、山へ入るらしいんだ。君も序《ついで》に、曾我君の墓にお参りして行かないか。一緒に寮にいたんだから。」と小倉君が私を誘った。

「そうだなア。千載一遇の機会だから、お参りして行くかな。」と私は心を動かした。

「行き給え。」と小倉君は促した。

「行って来るといい。」と私の一行も勧めた。

「じゃア、行くとしよう。」

私は心を決めて、一行と別れ、小倉君たちと一緒に、曾我君の墓を弔って来ることにした。案内知った小倉君の意見に従って、私達は羅漢寺で落合うことにした。皆は柿坂を廻って羅漢寺に行き、私は小倉君に導かれて、裏道から羅漢寺へ直行する手筈にした。私は柿坂が見られないのは心残りだったが、ここまで来て、曾我君の墓に参らないで帰るのは、なお心残りだった。

私は小倉君たちと連れ立って、もと来た道を少し引っ返し、それから葉の落ちた林の中の小径を潜って行った。途々、菊池寛の「恩讐の彼方へ」に出て来る山人を思い出させる人達に行き会わした。山径を出外れ、小高い岡の切通しを抜けると、そこに、暖かく陽を受けた山里が、パッと目の前に展《ひら》けたのだった。所々に人家があり、狐色の枯草原が遠くつづき、その果てには、青い山波が取囲んでいた。嶮《けわ》しい山坂を登って来たあとだけに、猶のこと温《ぬ》く温《ぬ》くとした、穏かな、平らな山里に見えた。

尋ねる曾我君の家は、直ぐ判った。かなり大きな萱葺《かやぶき》屋根で、家全体が後に傾き加減で、ガッチリした木材は古びて、垢光りに光っていた。縁側には、陽が照り渡っていた。曾我君は、この家から熊本の高等学校へ出て来ていたのだった。私達の訪問に出て来たのは、年を取った、曾我君のお婆さんだった。曾我君の両親は、朝鮮の任地にあるのだった。お婆さんは、私達を見ると、涙を流して喜んだ。田舎の、例えば私の祖母を引き合いに出しても共通するところを持っている、人の好いお婆さんだった。寮にいる時、曾我君の家から、粽《ちまき》を送って来たことがあった。私はその時初めて、名だけは知っていたが、まだ見たことのなかった粽というものを食べさせてもらったのだが、蘆《あし》の葉で包んだ粽の風味は、蘆の葉の香が沁みていて、なんとも言えず爽かだった。私はお婆さんを見ると、あの時の粽は、このお婆さんが、心を籠《こ》めて作ったものにちがいないと思った。

お婆さんは、家の前の小路を歩いて、私達を曾我君の墓へ案内して行った。行く手の林の中で、誰か木に登って、枝を切っている斧の音が聞えていた。お婆さんはそれに向って、大きな声で名を呼んだ。すると斧の音が止んで、一人の少年が現れて来た。お婆さんがその少年に何かを言うと、少年は先に立って、墓の方へ歩いて行った。この少年が誰であったか、私の記憶は定かでない。曾我君の弟だったような気もするが、曾我君には兄弟がなくて、一人息子だったような気もするのだ。私達は墓地に着いた。平たい台場に、その墓はあったが、まだ墓石はなく、普通の石が横たえてあるきりだった。私達は拝んだ。

「お爺が、肥後の方を向けて埋めてやりました。」とお婆さんが言った。

そのお爺さんは留守であったが、学業半ばで空しく夭折した不幸な孫を憐れんで、せめて熊本のある肥後の方を向けて葬ってやったというのだ。そのお爺さんの心情に心を合せるかのような、お婆さんの話しぶりだった。目を上げると、遠くを限る青い山波の方角が、肥後であるらしかった。

私達は膳を出されて、おひるの御馳走になった。焚き立ての温かい御飯だった。それに添えて、山家のもてなしらしく、鯵だったか鯖だったかの大きな干物だった。食事が終ると、お婆さんは半紙と鉛筆を出して来た。私達はそれに、銘々の住所と氏名を書き残した。（それによって、朝鮮にいたお父さんから、礼状を受取った。）私達が暇《いとま》を告げようとすると、お婆さんは軒に吊るした干柿を取って、私達に持たせた。送る者も送られる者も、切ない気持であったろうが、私の記憶には残らなかった。

私達は干柿をかじりながら、裏道伝いに羅漢寺へ急いだ。それは、枯草の山裾に通じた小径だった。私達が羅漢寺を望みながら、田圃の間の道を行っていると、羅漢寺から出て来た一行と行き会った。皆とは後で一緒になることにして、私はそのまま小倉君達に従《つ》いて行った。頼山陽の「耶馬渓紀行」に依ると、羅漢寺の門前で、雪の日に、猟師達が「豪猪《ごうちょ》を煮る」とある。私は、これを中学校の漢文教科書で習ったのであるが、その時の情景と文句を思い出しながら、岩の上に這わせた鎖を伝って、羅漢寺に登って行った。岩窟を背にした寺であったように思う。前には田圃がひらけていた。小倉君は、前の年の春、高等学校の入学試験に落ちた時には、ここの境内に来て、桜の花を見ながら瞑想に耽ったと言った。私達は一行と一緒になって、山国川《やまくに》にそって、埃道を荷馬車の通っている青の洞門を抜け、それから耶馬渓鉄道に乗って、中津の町に出たのであった。

私と江口榛一君とで、山移村と曾我憲平君とについて語り合ってから、どのくらい経ってからであったろうか、曾我憲平遺稿詩集「淋しき足跡」が、私に送り届けられたのであった。私はこういう時いつも、死人にめぐり会ったような気持がした、と書くのを常とする。この時も、同じ気持だった。それと前後して、或る雑誌に、「山移村」という江口君の帰郷記が出たのである。私は懐しい気持で貪り読んだ。

それには、「沿道の風景がしきりに移り変る。山移村は旧耶馬渓と深耶馬のちょうど中間に位し、いわゆる耶馬渓風の景色もなければ深耶馬独特の幽邃《ゆうすい》さもないむしろ平凡な山峡にすぎないけれども、折柄十一月初旬、朝々の霜も深い頃とてすでに全山もみじして秋色はとみにめでたかった。平凡な山の形も却ってなつかしく、バスの座席で揺られながら見入っているとしだいに帰郷の感傷が湧いて来た。」などという、山移村の風色が描かれているとともに、詩集「淋しき足跡」が、私に送られて来るまでのいきさつも、次の如く詳しく書かれているのであった。私は繰返し読んだ。私はその場の情景を思い浮べながら、感動のため、胴ぶるいのようなものがしてならなかった。

「私が帰ったときいてすぐ栄小母がやって来た。小母さんは私の母と親しい宗教家である。もう七十に近い老婆だが信仰のせいか至って元気がよい。座につくや、『垂水《たるみ》先生が曾我憲平さんの遺稿を出しなったよ。まあ見ておくれ。』と云いながらふところから一冊のパンフレットを取り出した。見ると『詩集淋しき足跡　曾我憲平遺稿』とある。詩集とは予期せぬことであった。私は思わず感動した。

（略）栄小母さんといえどもこの書を手にするまでは曾我憲平が詩人であったなどとは知るよすがもなかっただろう。（略）思えば私も、村に詩人の先輩を持っていたわけである。

曾我憲平の名は東京でも私は一度聞いたことがある。雑誌『素直』の会で上林曉氏と一座した時、この孤高な作家が、私の郷里が深耶馬であると聞くと急に面をかがやかし、深耶馬は何村かと重ねて問うのであった。（略）その時私は曾我憲平が山移村の伝説的人物であるというようなことを語っただけで、まさか彼が詩人であったとは知らないから、酒を酌み交すことの方に忙しく、今にして思えばむざと好話柄を失してしまい惜しみても余りある思いだが、その時上林氏が膝を乗り出すようにして語りかけた表情の意味は分った気がする。私がその話を栄小母にすると、彼女ははたと膝を叩き、

『そう云えば憲平さんの三周忌の時、お墓参りに行ったらなあ、お父さんが、憲平の高等学校時代の友達だという人が来て墓参し、大層泣いて行った、ということじゃっ

たが、大方それがその上林さんちゅうお方じゃろう。うん、きっとそのお方にちがいない。』

とひとりうなずくのであった。そして『東京へ帰ったらこの本を上林さんに上げてお呉れ。どんなに喜びなさるか知れぬ。』というのであった。」

曾我君の墓参りをして、大層泣いて帰ったというのは、私であったかも知れない。私でなかったかも知れない。前にも書いた通り、不思議にも私はその辺のことをよく覚えていないからである。兎《と》もあれ、私はそれを読んで、あの時泣いて帰ったのかも知れないと思い返した。そしてそれは、お婆さんからお父さんに言い伝えられたのかも知れなかった。

かくして、曾我君の遺稿詩集「淋しき足跡」は、私の手にも渡って来たのである。粗末な謄写版刷りで、ささやかなものではあるが、中津市に在住する垂水空水という、曾我君の遺友の温い手によって編まれたものである。栄小母さんという人が、「垂水先生」と呼んで、師と仰いでいる人である。垂水氏が、生前の曾我君に如何に傾倒していたかは、この厚い友誼によって覗われ、巻首の「序にかえて」には、こう記されている。

「この小集は故曾我憲平氏の殆ど唯一の遺稿であると云っていい。中津中学卒業の際別離の記念として余に贈られたものである。一九二一年三月桜の花の綻びかけた頃券々寮の一室でお互に別れの挨拶を交わしながら受けたものである。彼はその翌年九月、五高二年在学中に他界した。今から数えて二十五年前である。彼は論文、詩集、歌集……等自分の作品の殆ど凡てを焼却した。それが彼が他界した十ヶ月前である。この小集が唯一の遺稿であるというのはこの故である。三年に足りない交友であったが余に送られた書翰《しょかん》二十七通と尚お中学時代の作文で『余の最も愛するもの』という論文とが余の手元にある。近く出版して世に贈りたいと思う。（略）時空の彼方、無為の世界にありて若き哲人曾我氏もこの挙に対し微笑していることと思う。」

序文の次ぎのペエジには、曾我君の小影が貼りつけられてある。中津中学の霜降の制服を着た姿で、カラアを嵌《は》めた襟には、二條の白い線が巻き、5の字の襟章が附いている。眼鏡をかけ、頭の頂が尖《と》んがり気味である。眉にも鼻にも口元にも、曾我君の面影が歴々としていて、私の知らない時代の曾我君を偲ばしめるに十分である。この凜々しい、うら若い中学生姿にも、既に憂愁の影があるのだが、私が知らない曾我君であるために、私の知っている曾我君よりも、却て懐しさの勝るものがある。私の知っていた曾我君は、高等学校の生徒になった時だけだったので、中学時代の曾我君はこんなだったのかと思うと、その姿をまのあたり見ることの出来なかった口惜しさをすら感じてならない。しかもその時早く、曾我君は、自然を歌う詩人であり、恋に悩む子であり、人生を思索する哲人だったのだ。それは、私の殆ど覗い得ぬところであったため、この詩集と、つづいて私にもたらされた手紙集とによって、初めてその内面生活に触れ得た時、曾我君に対する私の懐しさは、弥《い》や勝る思いだった。

　写真の次ぎには、親友垂水空水（旧名佐藤資太郎）に詩稿を手渡すに当り、曾我君が認《したた》めた献呈の言葉が載せられている。彼は腹を打ち割って、友に話しかけている。彼の心内の声が聞えるようである。感傷的ではあるが、真率である。

「長短併せて十数篇の詩を集めて君に呈することとなった。この私の詩が君に対して何を語るか私は知らぬ。しかし私は、可成り過去の数年の私の生活を君に知ってもらいたいために、又いつ逢えるかも分らぬから、君と別離の記念として呈するのである。願わくは、出来るだけ保存して、君の生活を以て読んでくれ給え。

集めた詩は決して立派なものではない。随分つまらぬものである。そして統一もない分裂したみにくい私の姿である。（略）

詩に於て君が見るように、私は十七の三四月にかけて恋愛に苦しんだ。唯今でも苦しんでいるが。その時或る一人即ちK・Oなる女性に恋して随分苦しんだ。私が一年を無駄にしたのも其のためであったかもしれぬ。その恋人の顔すら私は見なかった。そして恋うたのだ。恋人のために朝夕祈ったのだ。そしてお互に知らぬなりに別れてしまった。私は淋しい気持がせずにはいられない。私は今でもその私の恋人を想い、その幸福を蔭乍《かげなが》ら祈っている。彼女は一昨年位女学校を出た筈で、必度《きっと》今年十九か二十である。私はその後その女の消息を少しもきかぬ。佐藤、私の心を察してくれ。しかし佐藤、私はその恋のため、私の内部に眠っていた霊の発動を感じた。悲しみとよろこびと淋しみとを筆にした。そして幾篇かの詩を得た。それをば私は今も感謝している。必ずしも恋はみにくいもの許《ばか》りではない。（略）私は恋愛をする資格のないことをつくづく感じている。曽《かつ》て静寂にひたって孤独を感じていた自然児は、またもとのひとりになって自然児にかえり、淋しい詩をうたわねばならぬこととなった。淋しい途をひとりで進むのが私の運命なのだ。それが私の性にも叶っていたのだろう。だが佐藤、私は今でも静かに祈っている。『神よ、善良なる恋人を淋しき私に与え給え。』と。（略）

唯今私が考えていることは何であるか。君には当分告げぬつもりだが、その基調のもとに淋しい私のこれからの生活を続けるつもりだ。私には多くのなさねばならぬことがある。私は唯々『私はなさねばならぬことが多い。』と言いながら、何もせずに死して了《しま》うことを恐れている。ああ、前へ前へ。

詩人としての私は既に死した。私の詩心は灰の如くになったのだ。そは仕方のないことである。残っている十数巻の詩歌集は、私の過去五年の淋しい跡として、今私の前にある。私は悲しむとともによろこばねばならぬ。進まんとする前途を考えると共に、過去の様々の人々を追懐して感慨にたえぬ。（略）不思議な恋よ。恋を経緯として過去の記念としてこの小集を君に呈することを私は幸とする。どうか君うけてくれ給え。そして気永く、君の生活（精神）を以て読んでくれ給え。文学のみを読まずに。少くとも私の詩は私の体験のみだから。一九二一・三・二七午後十一時過――」

江口榛一君は、小品「山移村」の中に、「風よ」という詩を（大正八・六・四―十八歳）引用している。私も引用しようとすれば、先《ま》ずこの詩に赴かざるを得ない。中学一年の時から詩を作っていたという曾我君は、その早熟な詩才で私を驚かせたのであるが、概ねは稚いのがある中に、この詩はずば抜けて整った形をしていて、抒情が美しいのである。

風よ！
麦の秋の丘を音連れる淋しい風よ！

お前は何処から来て
何処へ帰って行くのか？
お前は人間のいぶきの聞えない
自由な山の奥の樹々を音連れて
それをめぐむために行くのか？
または
その山を越え谿を渡り
または山を越え海に出て
海の彼方の花咲く平和な国に飛び去るのか？
お前は二度とは帰って来まい
それを私は悲しまないが
はるか彼方に帰って行くなら
静かなけがれた人間の少い路を選ぶがいい

その傍に私の故郷がある
その故郷を過ぐるとき
昔なじみのあの男は
都のはての丘の上に
うみつかれた体を横たえて
淋しくも毎日故郷を慕っていると

風よさようなら
別れもしばしだ

私もお前と同じ様にひらひらと
まぼろしの故郷を訪れたい

更に私は、「寂寥」（大正七・三月末）という詩を引いておこう。曾我君が生れ育ち、彼がその中で詩を養い、他郷に出ては思慕し、最後に土に帰って行った古里、山移村が濃く出ているからである。

森の中

地から湧くうす暗さの中に
異様な土の匂がただようている――
急傾斜な山に生い茂っている杉の大木
しんしんと高くなって行く森の杉の木
下枝が枯れて地に落ちて
そのなつかしい匂が森の中一杯にただようている
ユサリ！
風が吹いたか大きくゆらぐ森の杉
赤褐色の膚にゆらめく淡き陰影
おおまた暗き地をはう淡き陰影

寂寥！
太古のままのしじまの中に
聞えはしまいか？
根——網のような根が地より水を吸う微かな音が
聞えはしまいか？
ああただひとり
冷き土に伏して
杉の幹を見上ぐる……

曾我君は沈鬱な学生であった。垂水氏が呼んで「若き哲人」と言っているのは、蓋《けだ》し当っていよう。クラスの中でも、殆ど誰とも無駄口を利かず、ひとり離れているような存在であった。いつも重く思いに沈んでいて、眼鏡の奥からじいっと何ものかを凝視している風であった。色は浅黒く、顔はニキビの痕で荒れ、粗い無精髭が口の周りに伸び、それを指先でツンツンと引き抜く癖があった。私は度々寮の風呂に一緒に入ったことがあったが、全身髭もじゃであった。

当時は、多くの青年を、京都鹿ヶ谷《ししがたに》の「一燈園」と日向《ひゅうが》の「新しき村」とに走らせた時代であった。「一燈園」の園主西田天香も、「新しき村」の首唱者武者小路実篤も、共に私達の高等学校に来て講演をしたものだった。私さえもそれらの講演を聴いた一人である。曾我君は、言い得べくんば、「一燈園」向きの人物ではなかったかと思う。というのは、その頃新任して来た倫理の教授があった。大学を出てから「一燈園」で生活していた人で、赴任に際して、簡素な組立式の家を、前任地から汽車で運び、それを学校の裏の龍田山の麓《ふもと》に建て、山羊を飼っているということだった。女性的になよなよとした生真面目な人柄で、如何にも人生を思い詰めている風に、瞑想で頭が占められているように見える人であった。生徒が突飛なことを言っても、口の端をただニヤリとさせるだけであった。曾我君は、何かあの教授と似通ったところを持っていたのだ。一言にして言えば、共通に、人生に悩んでいたのだ。それが、当時の時代思潮だった。

しかし、曾我君には、ユーモラスな、彼の言葉の通り、「自然児」のような一面があった。何か可笑しいことがあると、大口開いて、腹の底からのような声で笑った。それには、一点の邪気もなかった。心から可笑しいらしいのだった。日頃沈鬱だから、余計そう思われたのかも知れなかった。その大笑は、今でも私の耳に聞えるようである。二年生になって寮を出ると、曾我君は、学校の近くの宇留毛《うるげ》という田舎に、百姓家の一室を借りて、下宿していた。その家には、他にもクラスの連中が止宿していた。そのうちの一人は、やんちゃ坊主だったが、二十二歳の身で、四十八歳になる下宿の寡婦と一二度懇《ねんごろ》になって、「これも社会奉仕だ」と笑っていた。或る日の昼休みに、「回春病院」というきれいな癩《らい》病院の下を通って、私がその下宿に遊びに行ってみると、曾我君は丁度食事をすませたところだった。部屋には、まだ食い散らしたお膳が置いてあった。曾我君は、寮にいた時と同じに爪楊枝で黄色い歯をほじくっていた。

「君、毎日竹の子ばかりなんだ。あんまり竹の子ばかり食べさせるから、竹の子というのは、一体英語でどういうのかと思って、和英辞書を引いてみると、君“child-bamboo" と言うんだよ。」と言って、"child-bamboo" という言葉を繰返しながら、曾我君は例の如く大笑するのだった。

その時代の内閣総理大臣は、海軍大将男爵加藤友三郎であった。加藤首相のことが、毎日の新聞に出ていた。

「君、加藤さんは、痩軀鶴《そうく》の如く、体重が十一貫なんだって。」と言って、曾我君はまた大笑した。一国を担う総理大臣が、鶴の如く痩せていて、体重十一貫だというのが、曾我君には、可笑しくて堪らないらしいのであった。

私と曾我君との交友は、大正十年の四月初め、高等学校の寮に入ったその日から始まったのであった。私は学校の掲示板の前で、自分の当てがわれた室が、三寮の十五室だと知ると、どんな部屋かと思って検分に行ってみた。三寮の二階の、中央階段から一寸右寄りの室であった。室の入口に、私の名札と並んで、「曾我憲平」という名札が懸《かか》っていた。その曾我憲平は、まだ室にいなかった。私はそれから街に出て行って、入寮記念に、芥川龍之介の新刊創作集「夜来の花」を買って来た。(この本は今も郷里の家に保存されている。その奥附にその日の日附が記入されている。）そうして、窓に凭《もた》れてその本を開いていると、私のいる室に雪崩《なだ》れ込んで来た一団があった。その中に、当の曾我君も交っていて、同窓中津中学出身の連中であった。一緒に曾我君の生家を訪れた小倉君も、その時いたのである。彼等は、頻《しき》りに何か歌を歌った。それが、私も後によく歌った代表的な寮歌であることを、私はまだ知らなかった。彼等はまた、国訛りの言葉を交して、ベチャクチャと喋舌《しゃべ》った。私には殆ど、何んのことか判らなかった。私は圧迫されて、小さくなっていた。彼等は私をも、龍田山へ誘った。私は彼等に従いて、龍田山へ登って行った。頂上に辿り着いて、若い檜林の中に立つと、遥に阿蘇山の噴煙が望まれた。その晩私には、家から送り出した夜具がまだ届いてなかったので、私は曾我君から、褞袍《どてら》と蒲団を借りて寝た。褞袍を敷蒲団代りにして、布団を被《か》ぶったのであった。山移村を訪れて、曾我君のお婆さんに会った時、この田舎びた褞袍も、私の頭に閃いたのであった。

私は曾我君と起居を共にするようになっても、彼の中学時代に詩作のあることについては、噯《おくび》にも聞いたことがなかった。十五歳、中学一年の時から詩を試み、静寂と孤独と寂寥に包まれ、山村の時雨《しぐれ》や雲や林や野や小川を歌い、「風よ」その他の詩があろうとは、勿論知る由もなかった。彼は中津の町の図書館で、漱石のものなど詳しく読んでいるらしい口振りで、私は押されたことだけを覚えている。而して、曾我君が最も感激を以て語ったのが、藤村の「春」であることも、私は覚えている。手紙集を読みゆくうち、ゆくりなくも、この「春」を垂水空水氏に呈するくだりに出会い、私はラインを引いたものであった。高等学校から入学通知の来る直前、曾我君の第二十回誕生日に認められたものである。

「『春』上下を明日送ります。この小説は私が真実の意味に於て読んだ最初のものです。そして私には色んなものを教えて呉れました。是非御一読をお奨めいたします。初めてこれを読んだのは中学一年でした。それ以来何度これを読んだか分りません。恐らく小説でこれ位私が度々読んだものはありません。今日も一読いたしました。（略）作中の青木の思想は東洋の神秘主義に共鳴する私には大変親しいものです。而《しか》も青木のモデル、北村透谷は、（略）先駆である、改革者である。建設者の光栄の影に見かえられもせぬまずしい、薄命の、しかも尊き犠牲者である。破壊の使徒である。その風丰《ふうぼう》は人をして動かさずばやまぬ真実である。岸本の生活は更に一段吾等に近い。然して自己の悲哀に発足する弱き男である。彼の中に最も多く私は私自身を見出す。透谷は吾等の理想であるが、岸本は吾等の貧しい現実である。彼が苦しみぬく下巻巻末の数章を読んで誰か春の悩みと現実曝露を感ぜぬものがあろうか。『ああ、私のようなものでも生きていたい』岸本は東都を逃るる車中にてかく考えた。しかしあらゆる苦難と懊悩を経て味《あじわ》いうる若き静けさ、かよわきさとりである。『ああ、私の様なものでも生きていたい』私も遂にそう心中で叫ばねばならぬものである。」

或る晩、雨の土砂降りの中を、曾我君は寮を抜け出て、街へ出て行った。じっとしていられない風であった。雨に濡れて帰って来たのを見ると、一包みの本を抱えていた。包みを開くのを見ると、西田幾多郎の「善の研究」、倉田百三の「愛と認識との出発」、そんな、私などはまだ聞いたこともなかったむずかしい本と一緒に、雑誌「新小説」があった。それには、論壇の雄生田長江の推薦で、高群逸枝《たかむれいつえ》の処女長篇詩「日月の上に」が、天才女流詩人と謳われて、掲載されているのだった。今から考え合せてみると、彼が早くから詩に心を寄せていたからこそ、高群逸枝の詩に飛びついて行ったものと思われる。岩波書店から創刊された「思想」を逸早《いちはや》く買って来て、倉田百三の戯曲「父の心配」を読んだのも、曾我君であった。私は芥川龍之介の小説や久米正雄の戯曲に浮身をやつしていた。曾我君は哲学青年であり、私は文学青年であった。

私達は、夕食後には、よく連れ立って、梧桐の街路樹の並んだ街へ散歩に出かけたものだった。毎晩夫婦のように揃って出たものだった。制服が出来て来ると、二人で一緒に、記念の写真を撮ったこともあった。

この写真も、郷里の家に帰れば、見ることが出来る。曾我君は椅子に腰かけ、私は手を後に廻して、立っている。二人ともきっとした顔に変りはないが、同年であるのに、曾我君の方が私よりずっと老けて見える。街を一廻りして帰って来ると、私達は向い合せにした机に向い合った。予習や復習は好い加減にして、好き勝手な本を読むことが多かった。可笑しなところに出会うと、曾我君は「フフフ」と独りで笑い、抑えかねると、そこのところを私に読んで聞かせた。

時は第一次世界大戦の直後で、世相の動揺が激しく、私達の心も乱れ勝ちだった。哲学者野村隈畔《わいはん》が、愛人とともに江戸川に投身したのも、その頃だった。東京駿河台の或る大病院の、十六かになる令嬢が、家庭教師である大学生と毒薬心中を遂げたという新聞記事も、私達に異常な身慄《みぶる》いを与えた。そんな事件に出会う度に、私達は頭が病的に熱くなってならなかったものだ。シトシトと梅雨の降りつづく晩に、早くから蚊帳《かや》を吊って、いつまでも眠りやらず、ぼそぼそと悩ましい話をつづけたこともあった。お互に恋をするに値しない者であると自らを虐《さいな》むことによって、一種の快感を感じ合ったこともあった。寮の玄関の脇の椎の木が、出入りの度に、雨に腐っているかと思われる匂いを漂わせている頃であった。試験になっても、大して意に介することではなかった。寮の総代が提灯《ちょうちん》を提《さ》げて点検に歩いて、「もう寝たんですか。徹夜して頑張らんですか。」と煽り立てて、行き過ぎたこともあった。この総代は、終戦後一度は代議士になったが、選挙違反のため失格してしまった。私も曾我君も、試験勉強に頑張るなんてことには、ちっとも重きを置いてはいなかった。むしろ、そういうことは白眼視していたのだった。当面の悩ましさが、それよりも重大だったから、総代の言葉なんかも、聞き流したのだった。

私と二人で同室していた頃の手紙も、曾我君の手紙集に収録せられている。私はおこがましくも、どこかに私の名が出て来るのではないかと思って、ペエジをめくってみたが、私の名は愚か、私と二人の生活などは一顧だに与えられていないのであった。曾我君にとっては、私は軽佻浮薄な、取るに足らぬ人間と思われていたのではないかと邪推された。事実、彼の側にいると、私は自分が軽っぽい人間のような気がしてならなかった。小説家になろうなんて志していることからして、そういう感じを抱かせた。しかし、そんなことは気にかける必要はないのであった。曾我君にとっては、一切の外面的な生活は問題でなかったのである。彼の通信は、ひたすら人生だとか自己だとか霊だとか、内へ内へと向いている。私と明け暮れを過していた生活の間にも、彼は次ぎのような手紙（一九二一・五・二三）を、大分の垂水氏に送っているのである。私は何も知らないでいたが、これを読んで初めて、彼の深淵を覗き見た思いがしたのである。

「吾には何物もなし
吾には自我以外何物も所有物なしと思う
されど、その唯一と思う
自我が吾が物なりや
真に我が物なりや
嗚呼、吾に何物もなし

私は今 crisis に立っている。私は自己を dismiss して dismay の中に生をうずむるか、自己を確立して bright な faith を得るか、どっちかせねばならぬ crisis の上に立っている。私に genius があるなら私は永久に救わるるでしょう。私は何も書き得ぬ。私が真実に君に語り得るのは少くとも一ヶ年の後だろう。僕は今 doubt の暗黒の中にうめいている。」

一年後には真実に自己を語り得ようと約束した曾我君の、一年後の手紙（一九二一・五・一二）を、私は試みに点検してみた。彼はまだ決して救われてはいないのだった。相変らず危機を感じているのである。

「（略）この一年位は大分私そのものがすりへらされた様な感じがします。私は益々愚人の虚飾家、偽善家とかわりつつあることを感じます。しっかりせねばならぬと思います。内部に沈潜し度いと思います。

申し上げる事もありません。唯申し上げたいことは私は今非常に危機に立っている。（勿論精神的）今大改造を行わねば私というものの抱負も消失するでしょう。努力したいと考えます。

奮闘沈黙、而して隠忍。私の様な生来下根《げこん》の子はこれより外に、自分を救う方法はない。私が嘗《か》つて、抱いていたこと、私が現に考えていること、決して変りはしません。四周は常に己に非なりである。ハハハハ」

二学期になると、室替えがあった。私と曾我君とはまた一緒に、四寮の六室へ移った。今度は、他に四人の同室者があった。私と曾我君との生活が、よそ目にも仲睦じく映ったかして、私達と同室したいと所望されたのだった。しかし、私と曾我君とは、一学期のように、二人きりで親しむということが少くなって行った。友情が分散したのである。白川のほとりの土手の上に坐って、監獄署の建物を見ながら、秋の夕方を一緒に過したことはあった。曾我君は一人で阿蘇へ登って、二日も三日も帰って来ないことがあった。彼は大へんよい瞑想の場所があると言って、龍田山の裏の茶畑を私に教えたこともあった。彼はよく独りになっていたのだ。

そうして三学期になると、私と曾我君とは、完全に別れてしまった。三学期にもまた室替えがあったが、私は曾我君と元へ返らずに、私と同県に籍のある有光君という、神戸の中学を出た友人と一緒に、二寮へ行ったのである。曾我君は、多分小倉君と一緒になったと思う。私は曾我君を疎《うと》んじた形だった。少くとも、暗くて重い曾我君との、面白さの少い生活に飽きたのであった。曾我君は私を蔑んでいたかも知れない。有光君は都会生れで、陽気だった。私達は二人でトランプに凝《こ》った。トランプで熱した頭を冷やすために、私は何度龍田山へ登ったことか知れない。饂飩《うどん》を賭けて、勝負が終ると、夜の集会所へ饂飩を食いに行ったことも度々だった。曾我君と別れた途端から、私はこんな生活をはじめたのであった。結果から言えば、こんな生活をしたいがために、曾我君と別れたようなものだった。有光君はあまり怠けすぎたために、到頭落第してしまった。

　二年生になると、みんな寮を出る習いだったから、曾我君は宇留毛に移り、私は熊本城の直ぐ下に当る上林町《かみばやしまち》（私の筆名はこの地に由来する）に移って行った。その頃から、曾我君は学校を怠けることが多くなった。学校をよく休んでいた。英語の訳読を当てられても、「でけません」と答えた。誰の目にも、曾我君の人間が変ったことが認められた。生真面目な勉強家と思われていた曾我君が、そんな風に変って来たことを、皆は面白がっていたが、単なる勉強家ではなく、別の意味での勉強家であることを知っていた私は、皆と一緒に笑う気になれず、得態《えたい》の知れぬことで悩んでいるのにちがいないと察していた。学校が馬鹿らしくなりつつあったのだと思う。

たった一度、曾我君が私の下宿へ来たことがあった。それは、熊本駅の近くの春日の射的場へ実弾射撃に行った帰りだった。曾我君はゲエトルを巻いたまま、私の下宿の縁側に腰かけて、私と話した。庭の隅に聳《そび》えた梧桐の葉の照り返しが、青く揺れる縁先だった。

「僕は、大学では、誰も行かないような科へ行きたいと思っています。」と曾我君の言った言葉を、私ははっきり覚えている。梵文学のようなものでもやるつもりだったかも知れない。それから曾我君は、「中央公論」に連載されていた佐藤春夫の「その日暮らしをする人々」（後改メ「剪《き》られた花」）という作品を推賞して、私にも読んでみるように言った。

その年の夏休みが終っても、曾我君は再び学校に帰って来なかった。垂水氏の文章を読むと、既に新学期がはじまっていた九月四日に「姿を消した」とある。腸チフスで死んだことは、最初に記した通りである。曾我君のお父さんが、曾我君の荷物を纏めに来ていると知らせのあった日、私は放課後、宇留毛の下宿へ訪ねて行った。曾我君のお父さんは、曾我君の居た部屋で、手枕をして、脚を引っ屈め、向う向きに眠っていた。着物の裾からは、白い縮木綿《ちぢみもめん》のズボン下がのぞいていた。部屋の荷物は、まだ何も手が着けられていなかった。本箱の本もそのままだった。息子の寝起きしていた下宿の部屋に来てみて、その息子を失った父親は、心もからだも萎《な》えるばかりで、何にも手を着ける力が起らなかったにちがいない。着物の裾から白い縮のズボン下の覗いているのが、萎えた心を語るがように思われた。手紙集に添えられた垂水氏の序文を見ると、「昨秋（昭和二十二年）三度目の墓参をしましたが、生家には一人子に先立たれて淋しく余生を送っていた御両親も既に他界されていました」とある。このお父さんも、もう亡くなってしまったのだ。

曾我憲平の霊の引き合せと言おうか、死んだ曾我君の取持つ縁で、私と江口榛一君とは変に親しくなった。江口君は郷里に帰る度に、必ず私に便りを呉れる。曾我君が生きていた時分には、休暇に帰省する度に、お互に手紙の遣り取りをして、大分県下毛郡山移村と書いた手紙を受取ったものであったが、それが杜絶《とだ》えて三十年を隔てて、再び大分県下毛郡山移村と書いた手紙が、私のところに舞い込むようになったのである。江口君の手紙には、「村に帰ると必ず上林さんのことを思い出します」とか、「憲平さんの村へ帰っています」とか書かれている。その都度《つど》、私も山移村と曾我君を懐しみながら、返事を書く。いつかの返事には、私達が泊った鹿鳴館という宿屋は今もあるだろうかと尋ねてやった。江口君の返事は、こうであった。

「お便りありがとうございました。鹿鳴館はまだ昔のままにあります。いまはあの近くに温泉も湧くようになりましたが依然としてあそこはさびしいところです。憲平さんのところは桃谷というのですが最近どういうものかその部落の炭やきの青年が詩を作るようになり先日私に見てくれといって持って来ました。あの辺は詩人の出るところなのでしょうか。一度桃谷に憲平さんの故宅を訪れてみたいと思っていますが果してはたせますかどうか。何しろ山の中ですからねェ。」

最後に、もう一つ、曾我君の中学時代の手紙（一九二〇・四・二九）を書き加えておこう。

「無事で村まで帰りつきました。

途中羅漢寺を見物し、静寂なる生々潑剌《はつらつ》たる自然の純な感情に抱擁され、非常にうれしく感じました。青葉は実に美《うる》わしく自然嘆美の感を一層深からしめます。

草臥《くたび》れてやっと午後二時故郷の土をふみました。ここにも緑の自然が私をめぐんで呉れようとして待っています。私は静に瞑想し、真の人間の道に少しでも触れて見度いと存じます。故郷は静かでなつかしい所でございます。

（自然は魂の居所である）」

曾我君は今も、故郷のその土に、「魂の居所」として眠っているのである。墓も古びたことであろう。

海山

一

家を出て半道も行くと、雹《ひょう》に出会った。

僕達は、磯の防風林の蔭に坐って、雹の通り過ぎるのを待った。沖は模糊と煙っていた。雹は、僕達のまわりでも、岩に弾けては踊っていた。その雹の塊りを拾っては、口の中で溶かしたりしているうちに、雹は間もなく通り過ぎて行った。僕達はまたマントをひるがえしながら歩き始めた。

僕達は、その朝、無銭旅行を思い立って家を出たのであった。高等学校の二年に進んだ春休みのことであった。この旅行を発議したのは琢磨君であった。琢磨君と僕とは、小学校も中学校も高等学校も一緒で、二三日前村に帰省したばかりであった。僕の祖母は、この旅行に反対であった。二十日足らずの休暇で八ケ月振りに帰って来たと思ったら、すぐまた家を明けるのに不服で、口を尖《と》がらせていた。僕達は、万一の場合の用意に、二人合わして三円なにがしの旅費しか持って行かないことに決めていたので、それがまた祖母には危惧の種になるのであった。けれども僕は、祖母の反対など押し切って、出かけることにした。琢磨君も、たった一人の、年老いた父親を置いて行くのだった。この父親も、日頃琢磨君の帰省を待ち侘びていたのだった。僕達は、二人とも二十一歳であった。旅に出ればなにかがありそうな気がした。それを思うと反対を押し切るのがむしろ痛快でさえあった。

雹にあってから、一里半ばかり、海辺に出たり、山坂を越えたりして、W川の岸に着いた。そこで僕達は渡し舟に乗った。琢磨君は、船頭に交渉して只で乗せてもらおうという肚《はら》であった。その場に臨んでみると、僕はどうしても只で乗せてくれと言うことが出来なかった。一人当り五銭のことだから、渡し賃を払おうではないかと言った。結局渡し賃を払うことになったが、これは琢磨君には非常に不満なことであった。

僕達の渡ったW川は、県下の大河であるばかりでなく、支流の多いことでは、信濃川に次いで全国第二位にあった。流域に殆ど平野らしいものがなく、ふだんは涸れている癖に、一旦豪雨となると、流れは激しく、流域に氾濫するので、その復旧費のため県の財政を傾け兼ねない有様であった。W川から南の地方を、俗に渭南《いなん》と言っているのは、W川を支那の渭水にでも擬《なぞら》えてのことだろうか。僕達の旅行は、この渭南の村々を無銭で泊り歩いて一廻りして来るのが目的であった。その時は、丁度三月中旬のことだったし、下流のことではあるので、流石《さすが》に、薄濁った水が大河らしくゆったりと流れて、岸には柳の花が芽ぐんでいたりした。

川を渡ると、鋭い断截機《だんせつき》の音のする製材会社の側を通って、伊豆田《いずた》の山塊《さんかい》にかかった。霞が濃く淡くかかっていて、僕達は山腹を縫う小さな遍路道を焼杉の下駄で踏破して行った。頂上に着くと、おひるだった。僕は風呂敷に包んで来た握り飯を開いた。琢磨君は弁当の用意もしていなかった。僕達は握り飯を分け、太刀魚の塩焼きを分け合って中食をすませた。

山を降って、谷合いの小さな部落に出ると、分教場かと思われる小さな小学校がひけて、生徒達が帰って行くのに会ったりした。そして、谷合いの田圃は、紫雲英《げんげ》の花盛りで、春の日に輝いているのだった。それから、海に臨んだ山鼻をいくつも曲って行った。海は青く、のたりのたりとうねっていた。行く手には、A岬が長く延びていた。長閑《のどか》にひらけた山畑では、農夫が日に焼けた背を出して鍬《くわ》を振ったりしていた。

最後の山鼻を曲ると、目指すN部落が、夕陽の中に見えて来た。川が流れていて、川の手前は、一面の紫雲英田、斜になった陽が輝き、川の向こうの部落は陽に煙って見えた。川には橋がかかっており、橋の袂《たもと》に松が一本立っていた。沿岸船の寄航地でもあるし、人家は港に沿って曲って並んでいた。

今夜の泊りは、友人潮君の家のつもりだったから、僕達は潮君の家を指して、N部落へ入って行った。潮君は中学校の同級生で、僕達の高等学校と同じ街の医専に行っていた。二三日前、一緒に帰省して来たばかりであった。

潮君の家は、古い医院だが、両親は伊予の或る島へ行って開業していて、まるで殿様のように敬まわれているということだったが、家には祖母が残って、子供達の面倒を見ているのだった。玄関を訪れると、折好く潮君が居て、色の白い長身の体を現わした。

「やア。」

「やア。」ホッとして、僕達の声も高かった。

「びっくりしたよ。」

「急に思い立って、今朝出て来たんだ。」と琢磨君が言った。

「丁度いいところへ来てくれた。今日は妹の就学祝いでね、先生方を呼んで御馳走してるところだ。池田君を知ってるだろう、僕達より一級下だった……。池田君も来てるよ、代用教員をしてるんでね。」

客座敷に通ると、鉢の上に鮨が山のように積み重ねてあって、池田君のほかに、もう一人先生が来て、酒を飲んでいた。

僕達は、歩き疲れていたので、すぐ酔った。琢磨君の顔はまっ紅に染《か》んで、目出度い顔になった。僕は酒を飲むと、蒼くなった。それを見て、「桂木君はちっとも酔っていない」と言って、盃を集中されるものだから、僕は益々蒼くなるのだった。丁度、潮君の叔母さんになるひとが滞在していて、白い足袋をはいていて、盛んに部屋を出たり入ったりしながら、お銚子を運んでくれた。

「そうそう、君の村の大工さんが学校を建てに来てるそうだよ。」と潮君が思い出したように言った。

「誰だろ。」僕と琢磨君とは顔を見合わせた。

「本多辰吉さんとか言った。」と池田君が引き取った。

「ああ、辰さんか。」

そこで、好い加減酔った僕達は、潮君の案内で、辰さんを訪ねることになった。外はまっ暗であった。僕達は夜風に吹かれながら歩いた。辰さんの小屋は、川の向こう、紫雲英田の中に立っていた。

「今晩は。」と言いながら小屋の戸を明けると、薄暗いランプの下に保佐火《ぼさび》が赤く燃えていて、四五人のほてった顔がこちらを向いた。その中には、辰さんも辰さんのおかみさんも交っていた。暫くは、みなびっくりした様子で僕等を見ていたが、辰さんがやっと僕と琢磨君の顔を認めた。

「やア琢磨さんと武一さん、どうしてまたこんなところへ。」

辰さんは、狐に抓《つま》まれたような驚きであった。だが、遠い異郷ででも会ったような気持は、僕なども同じであった。

「渭南旅行に来て、今晩は、この潮君の家で厄介になっています。」

「そりゃ、楽しみなことで。……春休みで戻んて?」

「ええ、二三日前戻って来ました。」

「それじゃア、これから行きがけで?」

「ええ、今朝うちを出て来ました。」

「儂等《わしら》も、ここに来てもう四十日になるが、うちの方にも変ったことはあるまいのう。」

「別に変ったこともないようですよ。」

辰さん夫婦は、座をあけて、まア休んでゆきなさいと頻《しき》りにすすめた。畳を二三枚敷いた仮りの座敷で、狭い土間には大工道具や世帯道具が一杯で、足を踏み入れる場所もなかった。

「今晩はもう遅いから、これで失敬しますが、まア御元気で……」

「そうかえ。愛想もないことで。まアお気をつけて。」

小屋の戸を閉めると、外はまたまっ暗で、小屋の中の光景が、まるで夢のように頭に残った。波の音にまじって、蛙の鳴く声があたりに降るように聞えた。

僕達は人家の間を通って、浜に出た。波が静かに寄せては砂利を噛んでいた。港の標識燈が蒼白く浜の真砂を照らしていた。

その夜遅く、潮君の家には、また一人、客人が到着した。梶浦の伯父さんというひとで、Kという村の村長をしていて、町へ町村長会に行った帰りであった。

二

翌《あく》る朝起きると、僕達はすぐ裏手の川っぷちに出て、口を漱《すす》ぎ、顔を洗った。鶯《うぐいす》が鳴いていた。

その日の行程は、Kという村までであった。潮君もずうっと僕達と行を共にすることに決った。伯父さんというひとは、その朝早く、僕達が起きた時には、もう自転車で立っていたが、今夜はその伯父さんの家で厄介になる手筈であった。叔母さんというひとも、僕等と一緒にK村まで帰ることになった。草履を足に縛りつけ、手拭被りをして、僕等の後に従った。

山には躑躅《つつじ》や山桜が咲いていた。山桜の赭《あか》い嫩葉《わかば》が、陽に透いているのも美しかった。僕等はキラキラ光る春の海を見はるかしながら歩いた。A岬は紫色に霞んで、近づけば近づくほど、僕の村などで見るよりも遥かに長く突き出て、湾を抱き、岬の首のところが低くくびれているものだから、岬端だけが、まるで島山のように浮かんで、僕達の眼路を遮っているのだった。僕たちの目指すKというのは、そのくびれたところに当る港村なのだ。昔は、そのくびれたところを水道と思い込んで、鯨の群が押し寄せて来たので、Kは捕鯨の中心地であった。和蘭《オランダ》人とかの捕鯨者も入り込んで、浜には倉庫などが立ち並んでいたそうだ。僕達が知ってからでも、鯨の赤身や黒皮や脂《あぶら》糟《かす》などを売りに来る人が絶えなかった。今はもう鯨が寄りつかなくなって、倉庫などは跡形もないのであった。

僕達は、Sという船着場を過ぎ、Oの浜の岩の上に坐って弁当を食べた。Oは、白砂青松で名高く、見返えると、山鼻や岡の木の間には、桜の花が咲き盛っているのだった。

梶浦の叔母さんは、もう四十に近く、少し鼻にかかった声で、途々若い者を相手にきさくな冗談口を利いたりした。兎角《とかく》若い者より遅れ勝ちだったので、私一人置いてきぼりにするかえ、と言って僕達を笑わせたりした。潮君の話によると、叔母さんは亭主に死別してからうちに帰って、伯父さんの家のすぐ近所に、別家しているということだった。話し振りにも、そういう一人暮しの気楽さが窺えた。弁当を食べながら、僕達の話は一層弾んだ。叔母さんは、顔を包んだ手拭が海の風にひらひらするので、始終ひっぱっていねばならなかった。

「僕の父も、昔、Kで教師をしていたことがあるそうです。」指先についた飯粒をしゃぶりながら僕が言った。「桂木官太郎と言います。」

「桂木先生なら、高等科で習いましたよ。もうこんなお子さんがあるんですかね。」叔母さんは急に昔を思い出したというふうに、更《あら》めて僕の顔を眺めた。

「僕が生まれる前のことだそうですから、もう二十年以上も昔のことですね。」

「眼鏡をかけた、若い先生でした。」

「今は眼鏡をかけていませんが。」と僕が言うと、

「そりゃ、伊達眼鏡だったんだな。」と、潮君が言ったので、皆一斉に囃《はや》し立てた。

「師範学校へ入る前、講習科というのを済まして代用教員をしていた時分のことだそうですから、十七八の頃だったでしょう。」

「今度の先生は、えらい呑気な先生じゃねや、と皆が言っていました。朝も、時間ギリギリに出勤されましたよ。」

「あんまり熱心な先生じゃなかったらしいんです。」

そこでまたみんな笑って、尻の砂を落し乍《なが》ら立ち上った。

「僕の村に柳澤という人があるんですが、父などと同年輩で、今はどっかの校長になっていますが、昔やはり代用教員をしていて、柳澤さんはGへ行くし、父はKへ行くので、一緒にこのO浜まで来て、ここの浜に二人が足を投げ出して暫く休んで、大いにやろうぜと励し合って、右と左に別れたんだそうです。」

「君のお父さんも、この道を歩いて行ったんだね。」と琢磨君が言うと、

「こんな立派な郡道のない時分のことですよ。」と叔母さんが言った。

途中Iという船着場を過ぎて、Kには夕方早く辿り着いた。Kに近づくと、その郡道が尽きて、小さな旧道となり、Kの港を見下ろしながら、嶮《けわ》しい坂路を降って行った。路ばたに段々になった墓地があり、そこに山羊が繋がれて、青い草を食べながら鳴いていた。

Kの在所は、小さな川の両側で、どっか山の温泉場のような風情だった。梶浦さんの家は、路に面して格子戸のある旧家の構えであった。潮君の母の出た家である。梶

浦の伯父さん夫婦は、僕達の着くのを待っていた。

風呂に入って、夕食まで間があったので、僕達は川に沿って、学校の方へ上って行った。橋を渡って、少し勾配を登ると、すぐ学校の門で、僕は胸をときめかせながら、校庭に入って行った。黒板壁の校舎だった。昔の面影が残っているかどうかは知らないが、自分が生まれない頃、父がここに奉職していたのかと思うと懐しくって、僕は庭の隅の鉄棒につかまってみたり、満開の桜の下に立ってみたりした。

それから港に出て、小さな防波堤の突端まで行った。標識燈に柔い火が点って、それが波に映ってゆらゆら揺れていた。防波堤に抱かれた港内には、漁船が静かに幾艘ももやっていた。帆を張ってかえって来る舟の影も見えた。夕暮を急ぐ遍路が、鈴を鳴らしながら、僕達が降って来た坂路を降って来るのも、そこから見えた。

夕食には、土地柄、新しい魚を煮ながら、酒の御馳走になった。梶浦さん夫婦に、叔母さんも来て、共々歓待してくれた。

「伯父さんは、桂木君のお父さんを知らんですか、T村の村長をしてるんですよ。」

と潮君が訊ねると、

「ああ、桂木君の御子息か。桂木君なら、昨日町村長会で逢ったばかりだ。」と梶浦さんが、更めて僕の顔を見た。

「私も今日それを聞いて、びっくりしました。」と叔母さんが言った。

「昔ここで教師をしていたそうですね。」と潮君が言った。

「君くらいの歳だったかな。もっと老けていたなア。校長とよく衝突していた。」と伯父さんが言った。

「桂木さんなら、汽船問屋の離れに下宿していましたね。」と京都生まれだという奥さんまで、昔のことを覚えていた。

　気が附いてみると、話しはいつか変って、座はしんみりとしていた。僕達は、梶浦さん夫婦が交々《こもごも》語る言葉に耳を傾けていた。梶浦さん夫婦には、娘ばかり六人の子供があったのに、揃って薄命で、年頃になるとともに次ぎ次ぎに死んでしまって、今残っているのは、三十近い一番上の娘と一番下の娘と、二人っきりだと言うことだった。

ところで、一番下の娘の幸子も、やはりからだが弱く、市の県立女学校を三年で退学して、今は市の病院に出養生しているということだった。

「まだ帰れないの？」潮君が親身な調子で訊いた。

「うん、大分良いから、近いうちに戻って来るかも知れん。」と伯父さんが静かに答えた。

「綾子姉さんは去年の秋からずうっと附き添いなんですね。」

「うん、お正月に、一晩泊りで帰ったきりだ。」

この綾子さんという人が、また不幸な身の上であった。この人には、高等学校時代から学資を入れた養子があったのに、大学に入るとから放蕩を始め、散々散財した挙句、自分から離縁して行ったと言う。その当時、姉なる人は、病み窶《やつ》れて阿呆のようになっていたというが、今それを語る梶浦さん夫婦の眼の底には涙が光っていた。しかしそれを、声を大にして罵るでもなく、深く恨むでもなく、悲しみながら諦めている風であった。

三

　翌る日、無理に留められ、もう一日梶浦さん宅で厄介になることになったので、僕達はA岬の金剛福寺へ参詣に行った。黄粉にまぶした握り飯を一包みずつ作ってもらって、凸凹した遍路道を歩いて行った。三年前の中学時代に、合羽と風呂敷包みを振り分けに担って、村の青年達と歩いたことのある道であった。小さな小学校があって、道の上に枝をかざして咲きかけている桜にも見覚えがあった。誰かが花を折ろうとして、宿直の教員に怒鳴られたものである。その時には、暗いうちにKを出たので、岬に近づく頃、漸く夜が明けた。道は熊笹の中を縫っていて、高い崖の真下は海で、発動機船の音が、朝明けの海づらに響いて来たことを覚えている。

「潮君、鞠子って言うのは、何番目の人だった?」と、琢磨君が突然からかい気味に言った。

「鞠子？」と潮君は一寸《ちょっと》どぎまぎして、「鞠子は、下から二番目、幸子の直ぐ上だったよ。……鞠子をどうして君が知っている？」

「いや、あすこの二階の屋根瓦に鞠子って彫ってあるのは、君の字だなア。」と、琢磨君は長身の潮君を見上げながら言った。

「ああ、あれか。えらいものを見られたなア。」と、潮君は見る見る顔を赤く染めながら、白状した。「僕が彫ったんだ。」

「そうだろうと思った。」

「鞠子さんも勿論死んだんだね。」と、僕が口を挟んだ。

「三年ばかり前に死んだよ。僕と同い年でね、小さい時から、まア許嫁《いいなずけ》で、きょうだいみたようにして育って来たんだ。中学時代には、休暇になると大概あすこで一緒に暮したよ。あれを彫ったのは、中学四年の夏休みだったなア。深い意味もなしに、ナイフで彫りつけたんだが、鞠子が死んだのは、その年の暮れだったよ。昨日も久しぶりにやって来て、ちらと見ると、昔のまま残ってるんで、一寸感傷的になったよ。」

「それじゃア、鞠子さんの代りに、幸子さんと結婚出来れば、いいんだがね。」

「はたの者も最初そう思っていたらしいが、幸子が病気になったんで、頓挫の形さ。幸子は姉そっくりなんで、実は、僕は幸子でも構わないんだ。しかし、幸子も、若《も》しかしたら姉のあとを追うかも知れないんでねえ。」

そこで、僕達は黙った。潮君が、そういう不安に駆られるのも、無理はなかった。僕達の胸にも、その不安は、昨夜の話を聞いた時からずうっと宿りつづけていた。僕達はもう黙って、自分一人の胸で、幸子の運命を噛みしめてみるよりほかないのであった。

その時すでに、金剛福寺の三重塔が、屋根に緑青《ろくしょう》を吹いて立っているのが見えて来た。金剛福寺は、A岬の岬端に在って、四国八十八ケ所のうちでは規模が最も大きく、案内書には、「堂塔伽藍、海山を圧して」と書かれているが、後は山で、前は、岬を廻る黒潮の速い流れである。山門には、古い御代の勅額が掲げられている。

僕達は、一通りお詣《まい》りをすませたあと、七不思議を見て歩いたりした。一夜建立の鳥居だとか、千万滝《せんばん》だとか、揺ぎの石だとか、亀呼び岩だとか。一夜建立の鳥居というのは、笹藪の中に、弘法大師が建てかけにした石の鳥居が転っているのであった。揺ぎの石というのは、ぐらぐら揺れる岩の一端に、小さな石が載っかっている。岩を揺るがせてみると、石は今にも落ちそうな状態でハラハラさせながら、今一息というところでなかなか落ちないのである。岩は足摺《あしず》れで汚れていた。僕達も代る代る岩の上に上って、揺るがせることにした。潮君が最初にあがって、弾みをつけるような工合にして岩を一揺り揺ると、石は手もなく転がり落ちたのであった。

「なあんだ。」と言いながら、僕達は喊声《かんせい》を挙げて喜んだ。

つづいて琢磨君、それから僕も、首尾よく石を転がし落すことが出来た。

「桂木でも出来るからなア。」と潮君が冷かした。中学時代から、僕は何もかにも不器用な質で、木馬を飛び越えることも、鉄棒にあがることも出来ないのであった。それを思い出して潮君が言っているのである。

「桂木君でも出来るところを見ると、揺ぎ石ももう不思議でも何でもなくなったんだよ。」と琢磨君があとをついだ。

僕達は笑い興じながら、揺ぎの石を離れて、燈台の方へ歩いて行った。

燈台守は、潮君と同じ村の人だったので、僕達を喜んで迎えてくれた。鼻の下にチョビ髭のある人であった。そこでお茶を出してもらって、弁当を食べた。僕達は燈台の上にも案内してもらった。廻転燈台のレンズが、ギラギラ陽に光っている側に立って、海を眺めた。レンズが一つところ傷ついているのは、海鳥が突き当って壊したものだとのことであった。渺茫《びょうぼう》たる海であった。そこに立つと、潮の流れが岬を廻っているのが、一層はっきりと見えた。遠い海の涯に、軍艦かとも思われるものの影も見えた。振りかえると、金剛福寺の境内が直ぐ眼下にあった。本堂も山門も三重塔も海風に錆び、それらを取り囲む樹木は、海風に吹き撓《たわ》められていた。辿って来る遍路の影も見えた。

夕方には少し早く、僕達はまた梶浦の家へ帰って来た。岬にいた時分には、あんなに麗《うら》らかな天気だったのに、Kに近づく頃は、どんよりと暗鬱に曇っていた。渭南地方は、気候が激変するのである。

梶浦の家に帰ると、奥さんが出迎えて、

「知義さん、幸子なんか、今晩戻って来るそうですよ。ひるに電報が来ました。」と潮君に話しかけた。

「そうですか。昨夜のこと、噂したばっかりでしたが。……そりゃ、よかった。久しぶりに、幸子さんにも綾子姉さんにも会えて。……幸子さんの病気は良いのでしょうね。」

「大分良いとは言うて来ていたが、本当に良うなっていてくれればええが……。あんまり長引くから、痺れを切らして戻って来るのではないか知ら。」

「大丈夫ですとも、病院というところは、少し好くなったら、辛抱出来る所ではないですから。」

そう言いながら潮君は靴の紐を解いた。

その晩、十二時過ぎであったろうか、僕達が一眠りしたと思う時分、港に入って来る汽船の汽笛の音が聞えた。すると、階下から、奥さんの声で、「知義さん、知義さん」と呼ぶのであった。

「ハアイ。今行きます。」と返事をして、潮君は起き上った。「じゃア、僕一寸迎えに行って来るから。」と僕達に言いながら、潮君は褞袍《どてら》の上にオーバアをひっかけ、襟巻で首をグルグル巻きながら降りて行った。玄関に跫音《あしおと》が乱れて、梶浦の人達は出て行った。あとはしんとなった。つづいて、また汽笛が鳴った。汽船が碇泊《ていはく》したのである。汽船は防波堤よりもずっと沖に泊るのである。

それから、三四十分も経ったと覚しき頃、再び玄関に、さっきよりももっと大勢の跫音が乱れ、ブツブツ話す声も聞えて来た。

「帰って来たようだね。」と、闇の中で天井を見ながら、僕と琢磨君とは囁き合った。

そこへ、「寒い、寒い」と慄《ふる》えながら潮君が上って来て、オーバアを脱ぐのももどかしく、蒲団の中へもぐり込んだ。

「どうだった！」と琢磨君が訊いた。

「うん、帰って来たよ。」

「どんな様子だった？」

「毛布にくるまつて艀《はしけ》から上る時は、なんだかひょろひょろして、顔も蒼いし、痩せてもいたが、話してみると、案外元気だったよ。」

「そりゃ、君がいたから元気が出たんだよ。」と僕がからかった。

「そんなことはないが、僕が迎えに来るなんて、全然思いがけないから、驚いたようだったよ。」

「折角帰って来たんだから、君はもう二三日滞在して行くといい。僕達は明日の朝ここを立って、Ｚの従兄のところで君の来るのを待っているから。」と琢磨君が言った。

「いや、僕も明日の朝、君達と一緒に立つよ。そして出来れば、一旦うちに帰ってから、休みが終るまでにもう一遍出直して来るよ。」

そんなことを話しながら、少しまどろんだと思ったら、もう朝であった。

四

翌朝は、時雨《しぐれ》空の冷い日であった。僕達はマントの襟を立てて朝早くKを立った。

「娘等も、送らねばならんはずですが、疲れたと言うてまだ休んでますから……」と、梶浦の奥さんは玄関に膝をついて、詫びを言った。

「いえ、どうも、長々お世話になりました。」と懇《ねんごろ》に僕達は礼を述べたものの、その時内心がっかりしたことを僕は覚えている。到頭僕達は、幸子さんを一と目も見ずに出立せねばならなくなった。そしてこの機会を外してしまえば、もう永遠に会うことはあるまいと思うのであった。事実、それから一年と経たぬ間に、幸子さんは病いに斃《たお》れたのであった。

「幸子さんも、汽船がこたえなけりゃいいですがね。」と潮君が言った。

「ええ、昨日は夕方から大分波があったらしうて、今朝はまだぐったりしていますが。」

「それでは、おばさん、お大事にね。」

梶浦さんは、門口に出て、爪楊子を啣《くわ》えながら、僕達を見送った。叔母さんは、途中に待ち受けていて、学校の先の、村端《はず》れまで僕達に伴ってくれた。そして袂の中から菓子袋を取り出して呉れるのだった。

僕達の道は、A岬の首の根を行くのだった。林の中を抜けると、水田の間を行き、赤土の切通し道を通ったりするのだった。空は、日が輝いているかと思うと、すぐ雲が出て、水田の上に時雨が落ちたりした。「幸子さんを見なかったのは、如何にも残念だったなア。」と、心の底に蟠《わだかま》る思いを、僕がぶちまけた。

「見て、がっかりするより、見ないで、想像してる方がいいよ。実際、病いで窶れて、ひょろひょろしてるからね。」と潮君が笑った。

「いや、病いに窶れた娘だから、見ておきたかったよ。」と僕が未練を残した。

「その家に泊り合わせて、会わずに別れるということは、なんだか運命のかけちがえみたいな気がするね。」と琢磨君が言った。

「しかし、会っても会わなくても、僕達の運命に狂いを生ずる心配はないよ。」と僕が言った。

「そりゃ、そうだ。」と琢磨君が力を籠《こ》めた。

「病気になる前よりも、病気になってからの方が、なんだか可哀そうで、心を惹かれるから不思議だよ。」と潮君がやや照れて、しかし感傷的に言った。

「病状は悲観的なんだね。」と僕が尋ねた。

「うん。蒼白い顔で、毛布にくるまって、ぐったりして艀からあがって来るのを、提《ちょう》灯《ちん》の光で見ると、こりゃなんとかして、力になってやる者がなくてはならぬと思ったよ。」

「君の気持がそうなって来ると、いよいよ、一度も会わなかったのが残念になって来るなア。」と僕がもう一度口惜しがった。

「しかし、会わないで、一と目も見ずに、通りすぎるのが、一番美しい夢を残すと思うなア。」と琢磨君が静かに言った。

「そりゃ、確にそうだ。」と、僕も美しい夢を追うような眼をして、潔くうけがうのだった。

　すでに、僕達は、H港を望んで歩いていた。H港は、郡下第一の良港で、外海から深く湾入し、時化《しけ》のとき沿岸汽船が何日も碇泊したり、漁期に鰹船が蝟集《いしゅう》したりするのも、この港であった。埋立地に近い干潟で、子供達が群れているのは、馬刀貝《まてがい》を掘っているのだということだった。

「馬刀貝って、罐詰でしか知らないが、こんなところにもいるの。」琢磨君が訊ねた。

「馬刀貝って、細長い棒のような貝だよ。泥の中に馬刀貝の穴があって、その穴に塩を落し込むと、馬刀貝の奴、ピョコンと跳び出して来るんだ。そいつを訳なく捕るんだ。」

「馬鹿な奴だなア。」と言って僕達は笑った。

　僕達は、埋立地に沿って歩き、製氷会社の赤煉瓦の煙突の下を通って、Hの港町を過ぎた。

　ひる頃、Mという村に着いた。ここは、僕達が子供の頃から聞き慣れていた模範村の一つで、土地はよく開け、南は海に臨み、気候は温暖で、見るからに豊かな村であった。潮君の一族で、やはり潮という家は、その打ち展《ひら》けた在所の見附きにあって、素封家らしい構えであった。僕達は潮君のあとについて、その家の門を潜った。昼飯の世話に預かろうというのである。

潮家の主人は、長いこと病気で、看護婦の世話になりながら、臥《ふ》せったままであった。僕達は、その枕許に通された。潮氏は、三十七八と覚しく、面長の顔が蒼くやつれて、口のまわりには、赤茶けた髭が一杯生えていた。

「T村の野中君と桂木君と言って、二人とも、K市の高等学校へ行っています。」と潮君が僕達を引き合わせた。

潮氏は、首をねじ向けて、僕達の顔を見廻し、大儀そうな声で言った。

「T村には、誰も知合いはないなア……。宮邊勝之助君は、あなた方の村ではなかったか知ら。」

「いえ、宮邊さんは、隣村です。」

「ああ、そうか。郡会で一緒でした。」

宮邊勝之助というひとは、隣村の地主で、口髭が濃く、金縁の眼鏡で、冬になると毛皮の襟巻を巻き、高級な自転車を乗り廻している人であった。

僕達は、別室で、看病疲れの見えた奥さんの給仕で、膳に就いた。新しい魚の吸い物がおいしかった。

潮家を出ると、僕達は龍串《たつくし》の奇勝を見に歩いて行った。龍串というところは、海岸の岩鼻一帯が、風浪のため侵蝕せられて、奇岩怪石となっているので有名である。M村の海岸寄りの部落を過ぎると直ぐ龍串だった。

「あの在所に跛の案内人がいるが、案内人を雇わなくとも、僕が大体知ってるよ。」

と言いながら、曽遊《そうゆう》の潮君が先に立って、岩を伝いはじめた。

僕達はみんな靴をぬいで、裸足になった。丁度差し潮のところへ糠《ぬか》のような小雨が降りはじめていたので、濡れた岩はツルツル辷《すべ》って、足許に気をつけねば、あぶなくて仕方がないのだった。

石山の秋月というのは、岩の裂目に高く、半弦の月の形をした穴のある岩が懸《かか》っているのだった。曼陀羅岩というのは、いくつかの岩層が、曼陀羅のように並んでいるのだった。そのほか、座頭の昼寝石だとか、猿の谷渡りだとかいうのもあった。説明を聞くまでは何がなんだか判らないが、説明を聞いてみると、成程と思うのもあり、なあんだと思うのもあった。

僕達は、潮君の案内について、海に長く突き出た岩の岬を一廻りした。その岬全体が、そういう奇岩で成り立っているのであるが、岬の上には、松が生え、松の間には、赭い嫩葉を出した山桜の花が白く咲いて、雨に濡れているのだった。

最後に、岬の附け根のところに、面向不背山《めんこうふはいざん》というのがあった。これは、崖と砂浜の間の海中に立っている小さな島で、それにも松が生えていた。僕達は、桜の花の垂れた崖の根元から、一尺か二尺ばかりの潮水を跳んで、浜に降り立った。浜には、白く打ち寄せられた貝殻が、折柄の小雨に、静かに濡れていた。

降ったり照ったりする中を、僕達はZに向って歩いて行った。

浜辺に漁船の引き上げられた漁師部落をいくつか過ぎて、Ｚに近く、海岸の断崖を穿《うが》った新開道路にかかると、猛烈な吹き降りとなって来た。海に向って露《む》き出しの断崖の蔭に走り寄るほかなかったが、風は激しい雨を伴って、暗い海の方から真っ向に叩きつけ、顔をあげて息をつくことも出来ないのであった。脚下には、猛り狂った浪が、層々と押し寄せて来て、乱礁を噛んでいた。一歩を過《あやま》てば、大事出来《しゅったい》である。僕達は、三人が手を繋いで、前屈みに撓《かが》みながら歩いた。風間を見ては一走り、一息入れては又走るようにして進んだ。勿論ずぶ濡れであった。

この難行が、どのくらいつづいたであろうか。Ｚの地内の防風林の中に入ったのと、雨風が鎮《しず》まったのと、殆ど同時であった。僕達はホッと息を吐く間もなく、からだが萎《な》え、腹がペコペコに空くのを感じた。

「ああ、ひどかったなア。」と、一番萎えたのが、長身の潮君だった。

「もう少しで手が離れそうになる、放すと、自分一人吹き飛ばされそうになるから、一生懸命潮君の手を握っていたなア。」と琢磨君が言った。

「そう言えば、両方から握られるんで手が痺れそうだったよ。」と笑いながら、潮君は両手を出して揉んだ。潮君がまん中で、僕と琢磨君とが、両方から潮君の手を摑んでいたのだ。

「行くに行かれず、退くに退かれず、息は止まりそうになるし、一時はどうなることかと思って、随分心細かったなア。」と言って、僕も笑った。

「いや、今でこそ笑い話が出来るが、あの時は実際、皆生きた顔をしていなかったよ。」と、言って、潮君が皆の顔を見廻した。僕達は、空き腹にひびく力のない笑いで笑い合った。

Zの部落に入ると、もう夕方であった。

「三郎が東京から戻っているらしいが、呼んでみようか。」

門札に眞岡三郎と出た家の前に来ると、琢磨君がそう言って立ち停った。眞岡三郎は、僕達の中学同級生で、四年になるかならずで学校をやめ、東京へ出奔した男だった。頭の恰好が、当時の内閣総理大臣寺内正毅大将の頭に似ていたので、眞岡君もビリッケンという綽名《あだな》を貰っていた。

「眞岡君、眞岡君。」と僕達は声を揃えて呼んだ。

すると、「オーイ」と返事をして飛び出して来た眞岡君は、風呂に入っていたらしくタオル一つの姿で、「泊ってゆけ、泊ってゆけ」と、僕達を引っ張るのであった。髪は蓬々《ほうほう》と耳の上にかぶさり、顔は憂鬱そうに垢染んでいた。

「いや、今夜は南海雄《なみお》兄さんのところで厄介になるつもりなんだ。君もあとから遊びに来給え。」と琢磨君が拒むと、眞岡君は明らさまに機嫌を損じて、家の中に入って行った。

その夜は、琢磨君の従兄で、京都医専出身の医師眞岡南海雄氏宅で、鳥鍋をつつきながら、酒の御馳走になった。小柄な、白髪まじりのお婆さんが出て来たが、そのひとが琢磨君の父親の妹に当る人であった。

「一昨年、僕がまだH港で開業していた時分、桂木薫という女の先生がいたが、君のなにかになるのですか。」と眞岡氏が訊ねた。

「いや、隣の娘で、幼友達というわけです。」

「そのひとから、琢磨のことや君のことなど聞いていましたよ、僕はあすこの校医だったから……。なんだか、君のことを懐しそうに話していましたよ。」と、眞岡氏は柔く微笑んだ。

そんな話を聞くと、酒の酔いも手伝って、僕は、南の村々を転任して歩いている桂木薫を懐しく思い浮べるのであった。M村で昼食の御馳走になった時にも、薫の話が出た。薫はその時M村で教鞭を執っていたのである。薫と一緒に、裏山で椎の実を拾ったり、甘蔗畑の風蔭で、甘蔗をかじったりした子供の頃が、ふっと思い出された。

その間にも、女中を使いに立てて、何度も眞岡君を呼びにやったが、眞岡君は、僕達に疎外されたと思ったのか、どうしてもやって来なかった。

「三郎さんは一途だから、つむじを曲げたと来たら、どんなことしたって、来りゃしませんよ。」

奥さんが眼を輝かしながら笑った。

五

翌日は、僕達は一日中、眞岡君の家の二階に閉じ籠《こも》って暮した。朝早く眞岡君が眞岡医院へ来て、「今日は僕んところだぞ」と言って、僕達を引っ張って行ったのだ。

眞岡君は、東京では詩の仲間に入ったり、画学校へ通ったりしていたということであった。部屋の中には、新しい小説や詩集の類が乱雑に積み重ねてあるかと思うと、油絵具をゴテゴテと塗りたくったキャンバスが何枚も立てかけてあったり、チューブが転っていたりした。畳の上は絵具で汚れ、掃除をしたことがないらしく、部屋中埃だらけであった。数日前から描きかけているという歪んだ顔の自画像は、唇が厚く、眼は吊っていたが、それは目の前にいる眞岡君と同じく、耳にかぶさる髪をして、久留米絣の揃いに、まっ赤な羽織の紐を結んでいた。

「君、これはロオマンチックの花だよ。」と、眞岡君は赤い紐を解いたり結んだりしていた。それから、「槐多《かいた》の歌へる」という本を取って、村山槐多の詩を朗読したりした。

二階には小さな窓があって、そこから覗くと、田圃に黄色い菜の花が咲き乱れ、その上を時雨の白い脚が渡ってゆくのが見えた。波の音ものろく聞えた。昔、桃色珊瑚《さんご》が採れたので有名な灘である。

その夜は、囲炉裏《いろり》に火を焚いて、魚飯の御馳走になった。眞岡君は、早く父を喪《うしな》ったので、母親と二人の淋しい暮らしで、我がまま一杯に育ったわけだが、母親には赤い羽織の紐を結ぶ息子の気持が判らなくて、いよいよ淋しさがまさるらしく、よそ目にもそれが感じられるのだった。

僕達は、四人が枕を並べて、二階に眠った。

「僕の友人が、医専に行ったり高等学校に行ったりしているのを見ると、僕のお袋は羨ましいらしいが、僕自身はちっとも羨ましいとは思わないねえ。僕は学校へ行く暇があったら、絵や詩などを書いて、生命を直接にぶちまけたいと思うね。正則な学校生活なんか、まどろこしくって、思っても窒息しそうなんだ。それだから、中学校も飛び出したんだ。」

眞岡君は、しきりに垢臭い蓬髪《ほうはつ》をかき上げながら、無遠慮に、そんなことを語った。

それからまた、こんなことも話した。

「東京に行くと、実際食うや食わずの生活をしながら、絵を描いたり、詩をつくったりしている連中が沢山いるよ。奴等と来たら、絵の具を買う金はおろか、パンを買う金もなくて、夜になると、近所の畑からこっそり葱を抜いて来て、それを刻んで命を繋いだりしているんだ。それでいて、みんな純情でね、槐多くらいの詩なら、誰だって作れるんだ。たまたま槐多だけが喧伝されたんだが、みんなが槐多くらいの詩人なんだと言っても言い過ぎではないよ。借金取りが来ると、棍棒で追っ払ったりするけれど、少し酒でも飲むと直ぐ抱き合って泣いたりするんだ。僕はねえ、そういう彼等の巣窟に一生埋れたかったんだ。しかし、お袋が、やいのやいのと言って来るものだから、一先《ひとま》ず旗を捲き上げて帰って来たよ。そのうち、お袋の気持が少し落ちついたら、また東京へ飛び出して、路地裏の生活をはじめるつもりなんだ。」

旅を重ねて来た一夜、僕達は、枕を並べて、眞岡君がそんなふうに、語るのを聞いたのであった。眞岡君は、一人でいくらでも喋舌《しゃべ》った。

眞岡君の話の合間を縫うように、時雨の渡る音が、時々ザアッザアッと聞えていた。

六

翌る朝も早朝に、僕達はその村を立った。眞岡君は僕達を村端れまで送って来ながら、行手の山鼻を指差して言うのだった。

「僕は、あの山鼻の先端までは見送らないよ。その手前で失敬するよ。別れてから、君達の姿がいつまでも見えるのは、あとに名残を引いて嫌やだからね。名残を惜しむなんて、大嫌いだ。」

そしてその言葉の通り、山鼻の手前まで来ると、彼は「左様なら」とぶっきら棒に言ったきり、あとも見ずに、すたすたと帰って行った。

「三郎の奴、相変らず変ってるな。」と話し合いながら、僕達は山鼻を曲って行った。

「なんだか少し凝《こ》り詰めてるなア。」と潮君が言った。

「これからまた家に帰って、鏡を見ながら、自画像を一生懸命塗るんだろ。関根正二という絵描きの影響を受けてると思うなア。」と僕が言った。

眞岡君が、その場に居れば、当然むきになって論争したにちがいないようなことを、本人がいない気安さで、僕達は勝手に喋舌りながら、歩いて行った。

さて、その日の行程は、Dという村を通り過ぎて行った。郡下一の大村だが、海に臨まない村だから、道は単調極まるものだった。それから、菅原道真が筑紫へ流される途中、舟を寄せたという言い伝えで小筑紫と呼ばれている村で海岸に出、内海沿いの道を歩いて、その日の泊り地たるU町に着いた時には、まだ日が高かった。

U町は、昔一万石の支藩のあったところで、小さな町だが、維新の際、多数の志士を出したので有名な、古い町である。外港から町までの間、右手は入海、左手は埋立水田になっている堤防道路の上を歩きながら、僕達は西の入口からU町へ入って行った。水田には鴨の群がいっぱい泳いでいた。

僕等の目指したのは、U町で唯一軒の三階建てだったから、通常「三階」という名で通っている宿屋だった。「三階」の主人は、琢磨君の親戚のまた親戚に当る人だったので、それだけの縁故を手がかりに、その夜の宿を頼もうというのであった。

「御免下さい。」

「三階」の玄関に入って、琢磨君が声をかけた。そのあとについて固唾《かたず》を嚥《の》みながら、僕達は立っていた。すると、襷《たすき》を外しながら、おかみさんが出て来た。

「T村の野中ですが」と言ってから、琢磨君は口籠りながら、「清吉兄さんはいられませんでしょうか。」

「あのう、今日は組合の花見で、公園へ行っていますが。」

そう言われると、取り着き場がなくて、琢磨君は困っている風であったが、「ああ、そうですか。それでは公園へ行ってみましょう」と言って、僕達は「三階」を後に、公園に向って行った。

「よっぽど泊らしてくれと口まで出かかったが、清吉兄さんでないと、どうも言えないなア。」と言って、琢磨君は頭を掻《か》いた。

公園というのは、小学校に隣接して、何十本という桜樹が満開で、花見客は花の下いっぱいに屯《たむろ》して、あちこちで唄を歌う声も聞えた。U町では一年一度の賑わいである。その花見客の群を見廻していると、やがて「三階」の主人のいるところに行き当った。

「清吉兄さん。」と琢磨君がホッとした声で呼んだ。一座は急に静まって、僕達の方を見た。「T村の野中ですが。」

「ああ、野中君か。」「三階」の主人は、すでに酔って、額も頬の剃り跡もまっ赤であった。

「渭南旅行に行っていましたので、一寸お寄りしました。」

「ああ、それはそれは。皆さん、お達者かね。」

「ええ、皆元気です。」

「今日はね、こんなことだから、このまま失敬するが、帰ったら、お父さんにも、高山さんへもよろしく。」

「ええ、有難うございます。」

そこで一座は、再び、陽気な花見酒に返って行った。僕達はまた取り着く島がなく、がっかりして、賑わう公園をあとにするよりほかなかった。

「失敬、失敬。」と琢磨君は赤く照れながら、「どうしてもまた切り出せなかった。向こうが宿屋でなければ、却って言い易かったんだが……。仕方がない、C村に僕の姉がいるから、そこに行こう。」

C村は、そこからまだ三里の道であった。

「僕は、Y村に従姉の家があるから、そこに行って泊ることにするから。」と潮君が言った。Y村はC村より一里許《ばか》り手前である。

僕達は黙りこくってU町を出た。腹も空《へ》り、足も疲れていた。僕達は長い影を曳きながら歩いた。坂道を登って峠に来た時、あとをふりかえって見ると、U町の黒い甍《いらか》の向こうに、入海の水がキラキラ輝いて、夕陽が今沈もうとしていた。

Y村の入口で、五日の間旅を共にした潮君に別れた。C村に着いた時は、真っ暗であった。琢磨君の姉夫婦はその村で先生をしていて、義兄は校長であった。顎髯《あごひげ》を長く生やし、謹厳な人であった。

僕達は風呂を立ててもらって入った。風呂桶の中から見ると、すぐ近く、杉の木立が黒く聳《そび》えていて、その梢の先に、星が二つ三つ瞬《また》いていた。手拭を使うことも忘れて、その星を見ていると、何がなし胸が一杯になって、涙が溢れて来た。はるばる辿って来た旅が思われた。それから、明日は家に帰るんだと思った。すると、故もなく、からだ中に、ぞくぞくと力が沸《たぎ》って来るのが感じられた。

夭折

もとの燕楽軒が、今は公設市場に身変りして、洞窟のような店内に雑貨を並べている姿は、まるで廃屋を見るような気がして、本郷の昔を知る我々には、真に今昔の感に堪えぬものがあるが、その燕楽軒で、まだ公私の燕楽が行われていた時分のことである。

多田勝介は、或る年の正月に、新しい足袋に新しい下駄をはき、ストウブにあたりながら、酒を飲んでいた。彼はトンビを着ていて、盃を持つ度に、翼のようなトンビの袖をはね上げる癖があった。

その時、女給の一人が、多田の脱いでいた新しい下駄をつと取り上げ、裏返しにして見たものである。

「馬鹿野郎。」

多田勝介は、いきなりその下駄を奪い取り、女給に殴りつけた。女給は悲鳴をあげた。

その場に居合せた僕などには、多田がなぜそんなに怒ったのか、よく解らなかった。

が、多田の言うところによると、そういう商売の女たちは、下駄によって客種を判断するのである。そして下駄の台が、本柾《ほんまさ》であるかどうかは、表だけではうっかり識別出来なくて、裏返しにして見なくてはならぬのだそうである。

「だから、目の前で、ひとの下駄を裏返えしにして見るということは、無礼千万なことだよ。」と、多田は余憤を浮べながら言った。

多田は、学生の身分で、すでにそのような世話な事情に通じていた。しかも、相手の非礼に対しては、容赦出来ない精悍な気性であった。多田と一緒に寝ると、彼はよく歯ぎしりする男だった。

燕楽軒の事件は、多田の面目が最も躍如としている出来事であった。

多田勝介は、大学時代を通じて、僕の最も親しい友人であった。高等学校時代には、同じクラスではあったが、通り一遍の級友でしかなかった。彼は高等学校の生徒の癖に、冬になると、コバルト色のジャンパアのようなものを着て来たり、雨降りにはオーバア・シュウズを穿《は》いて来たりする男で、どちらかといえば、気障《きざ》な分子だった。応援団の幹事になって、ワアワア騒いだりしていた。

多田と僕の親しくなったのは、東京に来てからであった。僕は文科に入っていたが、多田は法科を落ちて、一年の間浪人をしていた。その頃の或る日、多田が突然、菊坂《きくざか》町《まち》の僕の下宿を訪ねて来た。彼は数日来金に困っていて、僕のところへ金を借りに来たのであった。僕はその時、国許から送って来たばかりの新しいまがい大島の羽織を着ていたが、直ぐそれを脱いで、多田に貸し与えた。多田はそれを質屋へ持って行って、金をつくったようであった。多田と僕の親しくなったのは、その時以後のように思われる。

多田は、気障っぽいところがあるだけあって、賑やかな社交家であった。やんちゃ坊主で、快男児で、名物男とも言える性であった。彼はギョロリと大きな眼玉を光らせ、色は蒼白く、痩せていた。顴骨が高く、頬の一つところがポッと紅らんでいたのは、彼が腺病質であることを物語っていた。最初に書いたごとく、彼は激しい感情家で、今顔面を紅潮させて哄笑しているかと思うと、次の瞬間には、顔面蒼白になって、殺気立つことも珍しいことではなかった。

それに引き換え、僕はいわゆる索居癖《さっきょ》で、進んで人と交際を求めることもなく、下宿の一室に引っ籠《こも》って暮らしていた。若い癖にじじむさく、老い込んでいるような学生の一人であった。煮え切らない性質で、ひとから見れば、暖簾《のれん》に腕押しのような頼りないところがあった。

どこから見ても、多田勝介と僕とでは、対蹠《たいしょ》的な人物だと言わねばならなかった。その多田と僕とが、急激に親しくなって、僕の方から訪ねることはあまりなかったが、多田は繁々と僕の下宿を訪れるのであった。僕は多田のあとについてよく酒を飲みに行った。

僕は多田を凌《しの》いだことも、多田に抗うたことも、一遍もなかった。いつもおとなしく話の聴き手になっていたので、多田としては多少物足りなくはあったであろうが、抵抗を感ぜずに附き合えるのを、徳としたらしかった。僕の前では、ちっとも気が置けずに、なんでもあけすけに饒舌《しゃべ》れるらしかった。それが、多田が僕に親しくして来た第一の原因であったと思う。

多田は感受性が非常に鋭敏で、それに加えて、それを巧妙に語る話術を持っていて、思わず傾聴させるのであったが、僕に話す場合には、どんな微妙なニュアンスでも、特別に解ってもらえるという風に考えているらしかった。つまり、僕の文学的感覚をいくらかは買っていてくれたのであった。その点、彼は僕に対して、一種の敬意を持っていてくれたようであった。これも、多田が僕に親しみを持ってくれた一つの原因であったと思う。

僕の下宿の部屋には、築地小劇場の上演ビラが懸《か》け並べてあった。それは、近所の湯屋から貰って来ては、懸けるのだった。本箱には、軟い文学の本が並び、机の上には原稿用紙がひろげてあったりした。

多田は、僕の周りに、そんな文学的雰囲気を嗅ぎつけては、心を惹かれるようであった。学年末の試験最中に寄越した葉書には、「ああ憎むべき試験かな。風邪と六法全書に悩む頭は、唯呆然と電燈を見つめ、ほのかに Macbeth に耽る君を思うのみ」と書いてあった。いつか、彼が僕のノオトを手にすると、表紙に"METAPHYSICAL POETS"と書いてあったので、彼はメタフィジカルなものに憧憬《あこがれ》るような調子で、それを読んだものであった。

多田はまた、「黄金狂時代」という映画を見て来て、チャップリンの天稟《てんぴん》にひどく感心していたことがあった。そうかと思うと、或る先輩の家へ遊びに行って、ベエトオヴェンの「第九交響楽」のレコオドを聴き、激しい感銘を受けて帰って来たことがあった。それらの感銘を語る彼の語り方は、如何にも真を穿《うが》っていて、僕はいつも感心させられるのであった。彼はたしかに、鋭い才気をもっていた。

多田は一面煽動家であった。彼と話したあとでは、僕は常に快い煽動を感ずる習慣だった。それがどれだけ僕の薬になったか知れない。僕のように、いつも低迷しているような性格の者でも、彼の調子の好い話を聞いていると、いつの間にか精神が昂揚し、眼の前が濶然《かつぜん》と展《ひら》けるような思いにさせられるのであった。燎爛《りょうらん》と桜の咲いた駒込吉祥寺の境内を歩きながら、二人で自炊の簡易生活を始めようと語り合った時の亢奮を、僕は今でも忘れることが出来ない。勿論実現はされなかったが、僕達はまるで浮かされたように、自炊生活の計画に熱を上げたものであった。もとはと言えば、多田がたった一と言、「二人だけで生活してみたいねえ」と言ったのに始まる。そして、二人の友情を考えると、どうしてもそうならざるを得ざるように思われて来るのだった。なおその上、「俺達の下宿は良すぎるぞ」と言って、自分達の生活を落すことを多田が提唱すると、僕は忽ち共鳴を覚え、二人きりの簡素な自炊生活に対して、身内を緊《し》めつけられるような快感を募らせるのであった。

多田は、兄と二人で、駒込蓬萊町《ほうらいちょう》の素人下宿の二階に、一部屋ずつ借りて住んでいた。兄は物理学者で、大学の講師を勤めていた。弟のやんちゃ坊主に対し、謹厳そのもののような学究肌であった。多田が「小事には黙口す」という自作の箴言《しんげん》を書いて壁に貼った時には、兄から一笑に附されて、彼は直ぐ撤回してしまった。多田はこの兄を非常に尊敬していたが、時々兄を燕楽軒へ連れて行って、酒を飲ませたり、女給に引き合わせたりしていた。兄は始終ニコニコしながら盃を銜《くく》んで、弟の燥《はし》ゃいだりするのを眺めていた。

或る晩飲み明かした多田は、兄が学校へ行った留守に、自分の書物に兄の写真機を足し、それを人力車に積んで、行きつけの質屋へ出かけて行った。追分町《おいわけまち》のところまで来ると、丁度午休《ひるやす》みになって、兄が大学から帰って来るところであった。彼は着流しにナイト・キャップを冠っていたが、兄に出会うと、写真機の上に手をかざしながら、

「やア、失敬。」と大きな声をかけて、通り過ぎて行った。

多田の行きつけの質屋は、偶然のことで、彼の長兄が学生時代によく出入りした質屋であることが判った。

「多田経介さんという学生さんが、うちへよく来てましたが、若《も》しや貴方の御親戚の方かなんかではございませんか。」と質屋の主人が多田の顔を見ながら尋ねた。多田が二三度目に行った時のことであった。

「多田経介なら、親戚どころか、僕の一番上の兄ですよ。」と多田が、呆れ顔で答えた。

「道理で、貴方によく似て、面白い方でしたよ。」

「ああ、僕にそっくりだ。これがまた、仕様がなかったんだ。今九州で弁護士をしていますよ。」

「もう七八年も前になりましょうなア。」

「兄貴の奴、飛んだところで旧悪が露見したな。」

と言って、多田は笑った。

「気前の好い方で、何でもパンパンと仰言《おっしゃ》るんです。」

「僕の兄弟は、みんなこれだと思われては困りますよ。僕は今直ぐ上の兄貴と一緒に下宿していますがね、この兄貴と来たら、実に堅いんですよ。下宿と研究室の間のことしか知らないんだ。」

「それだけ、学問の方はよくお出来になるんでございましょう。」

「学問はよく出来ますよ。数学なんか、素晴らしいんだ。もう直ぐ助教授だ。僕もこの兄貴には、一目置いている。しかし、人生万般の学問になると、こちとらはちと元手を入れていますからね。」
そんなふうに、親爺を煙に巻いておいて、多田は質屋の暖簾を出て来るのであった。僕は大学時代を通じて、随分多田の影響を受けた。進んで、彼の煽動を受けたいと思った。彼の直情径行にあやかって、自分の小心翼々とした気持を打破したいと願ったのだ。それに多田は、世間智にも長けていたので、僕はそれも学びたいと思った。言わば僕は、多田を対象として、一種の学問をしたのだった。そして、僕達は親しくなった。

多田が突然結婚したいと思い立ったのは、彼が大学二年になった春だったように思う。荒川堤へ花見に行って、そのかえりに、夕陽の中を歩きながら、その気持を打ち明けたのが、最初だったように思う。勿論まだ気持だけで、誰と結婚するのか、その相手が決っているわけではなかった。ただ頭の中で、結婚を描いているのだった。

その頃、僕たちの仲間は、あんまり勉強もせずに、遊んでばかりいた。或る者は、須田町の兎料理へ足繁く通った。或る者は、真砂町《まさごちょう》の牛鳥料理でよく飲んだ。大学通りのカフェに行く者もあった。夕方になると、誰も下宿にじっとしていることが出来なくて、毎晩のように街にさまよい出るのであった。期せずして多田は、この一団の音頭取りのような恰好になっていた。

その時分の或る日、僕達は十人許《ばか》りで、山ノ手の或る女学校へバザアを見に行ったことがあった。向こうに着くと、仲間の一人の紹介で、その友人と同郷の或る実業家の夫人が二人の令嬢を連れて来ているのに引き合わされ、食堂でお寿司などの御馳走になった。帰って来ると、その晩高瀬という仲間の下宿に集った連中五、六人は、声を挙げて泣くのであった。多田も泣いた一人であった。それは、純情の極が狂態となった光景であった。皆が皆、その日見た令嬢を恋したわけではなかった。田舎から出て来て、温かなもの華やかなものに飢えていた学生達だったから、たまたま温かなもの華やかなものを垣間見た切なさのため、自然に胸が一杯になって来たのであった。

そういう精神状態に加えて、当時は震災直後のことであったから、市中は砂っ埃とバラック、荒廃と頽廃の雰囲気は争うことが出来なかった。僕達の生活は、内と外とから、急速に荒んでゆくのだった。

この忌むべき傾向に対して、逸早《いちはや》く抵抗を感じはじめたのが、他ならぬ多田勝介であった。彼は反省癖が強かった。このまま、毎日勉強もせずに、酒を飲んだり遊んだりばかりしていて、一体どうなるというのだろう、みんなどうするつもりなんだろうと、彼は自己及び友人達の所行を冷やかに眺めるのだった。すべて、青春の浪費だとしか考えられなかった。彼はあらゆることにかけて、皆より一日の長があったので、倦怠の来るのも皆より早く、それが反省癖と合体したのかも知れなかった。

「僕はねえ、頭が良くて、淑やかな女を女房にして、楽しい家庭をつくり、ほかのことには何にも心を煩わされずに、一生懸命勉強したいんだ。みんなもそうするといいなア。遊んだって詰《つま》らないぞ。」と荒川堤を歩きながら、多田が言った。

「相手の当てがあるのか。」と仲間の一人が尋ねた。

「それがないんだ。これから考えるんだ。」

皆が笑った。

「気の永い話だね。」

「僕は真剣に考えてるんだ。」

多田は、皆の笑いにも釣られず、真顔で答えたが、熱し易く冷め易い性質だったから、一時の気紛《きまぐ》れかも知れないと、僕達は考えていた。

だが、それから二三日経った或る日、彼は威勢よく僕の下宿へあがって来るなり、ノオトを投げ出しながら、

「おい、結婚の相手が決ったぞ。」といった。

「そいつはよかったね。」

「決ったといっても、僕一人で決めたんで、これから交渉するんだがね、半ば決ったようなものなんだ。」

「一体誰なんだ。」

「僕の従妹でね、登美子というんだが、京都の或るミッション・スクールの高等科へ行っているから、今度の土曜の晩に京都へ立って、どっかへ引っぱり出して、切り出すつもりなんだ。」

「えらい性急だね。」

「思い立ったら、直ぐ決行するんだ。向こうは何にも知らないから、びっくりするだろ。兄貴は大賛成なんだ。」

その従妹というのは、叔母の子で、小さい時から多田の家で一緒に育ち、多田のことを、今でも「兄さん、兄さん」と言っているということだった。早く父を喪《うしな》い、母が再婚するについて、多田の家に引き取られて育ったのであった。

「小さい時から、不幸な環境に育った癖に、ちっともいじけないで、実に素直なんだ。僕の兄貴なんか驚いているよ。」と多田は言った。

「いくつなんだ。」

「二十一かな。歳のことはよう知らんが、決してシャンではないさ、しかし頭は好いし、表情美はあるよ。」

多田は普段から、表情美ということを、口癖のように言っていた。女の真の美しさは、化粧や輪廓の美しさではなく、内面的なものが表情に現われた美しさでなくちゃならぬと言っていた。

「もとから好きだったのか。」

「いや、関心を持ったことも、好きだと思ったことも、一度もなかったよ。僕はこれまで、どちらかと言えば、パッとした美しさに心を惹かれる方だったから、登美子のことなど考えたこともなかったが、本心は沈静な美しさに惹かれるんだね、今度結婚のことを思い立つと、真っ先に頭に閃いたのが、彼奴なんだ。今になってみると、もとから彼奴を好きだったことが、だんだん解って来たよ。」

「そういう好き方が、一番奥深い好き方だろうねえ。向こうも勿論、君に対しては、普段から理解をもってるんだね。」

「僕が大学の入学試験に落ちた時、僕は法科を失敗したから文科に行くと言ったら、兄様は法科に行く人ではないと思います、失敗して却って幸福ですわと言ったのも、彼奴なんだ。彼奴は、僕をそんなふうに見てるんだ。僕はなぜだか、その言葉が妙に忘れられない。僕はそんなに言われておきながら、文科へ行かんで法科へ入ったから、今じゃ少々軽蔑されているかも知れない。」

「その言葉は、なかなかよく君の本質を見ているねえ。」

「僕もそれを聞いた時、こいつ、いつの間に俺の核心を摑んでいやがるんだと驚いたものさ。結局僕は、文学をやっても、文学を創る表現能力がないから駄目だと諦めて、法科にしたんだ。しかし法科に来てみると、自分の性格があまりに自由奔放に過ぎることを痛感しているよ。」

「君が、コチコチの法律家になれないところに、僕達の興味があるんだ。」

「いや、興味々々で少し遣りすぎたてえ。」と言って、多田は大笑した。

多田が、この結婚問題について一番苦慮したことは、二人が従兄妹同士だから、近親結婚になる恐れであった。彼は「第九交響楽」を聞かせてくれた先輩のところへ行って、意見を叩いた。その先輩は、家族や社会問題の研究家であったが、或る外国の雑誌に載っていた記事だと言って、馬を交配させた話しをしてくれた。或る牧場に、ポプラという牡馬と、エルムという牝馬といて、ポプラはエルムが好きであった。ところで、ポプラを他の牝馬に交配させてみると、ポプラはエルムのことばかり思っていたので、産れた仔馬はエルムにそっくりで、母馬には少しも似ていなかった。そしてその結論は、遺伝の因子も精神的なものの影響によって変化を受けるという説であった。多田はその説を信じてしまった。

「だから、従兄妹同士の結婚だって、精神的な力を加えることによって、悪質遺伝でもなんでも喰い止めることが出来るんだ。」

「随分突っ込んで考えてるんだね。」と言って僕は笑った。

「低脳児でも生れたら、かなわんからねえ。」

そう言って、笑いながら立ち上ると、多田は床の間に積み重ねた本を物色しはじめた。

「なんか、従妹に持って行くのに好い本はないかな。」と言っているうちに、大判の佐藤春夫詩集が目に停ったらしかった。表紙に蓮の花を描いた豪華本であった。彼はペエジをパラパラとめくり、声を立てて読んだ。

「犬吠岬《いぬぼうさき》旅情の歌か。ここに来てみなにならい、名も知らぬ草花を摘む、仰がねば燈台の高きを知らず、……浪のうねうね、ふるさとのそれには如《し》かず……いいなア、これにしよう、これに決めた。おい本屋まで一緒に行ってくれ、直ぐ買うから。」

そう急かされて、僕は多田と一緒に、本郷の通りへ出て行った。

多田が京都へ立つ晩、東京駅へは、多田の兄を初め、僕達の仲間がみんな押しかけて行った。

「しっかりやって来いよ」「頼むぞ」と、皆口々に激励した。

「羨ましいなア。」と言ったのは、純情家の高瀬であった。

多田はゆったりと構えていた。髪も摘み、手入れをしていた。

「みんな、酒なんかやめるんだなア。」と多田はニタリとして言った。

「チェッ。遣りきれないなア。」と高瀬が舌打ちした。

「案外、振られて来るんじゃないか。」と兄が唐突に冗談口を挟んだので、皆笑った。

「大丈夫だい。」と多田は自信満々で、顎を撫でていた。風呂敷に包んだ佐藤春夫詩集が膝の上に載っていた。

やがて汽車が動き出した。

「じゃア、行って来るぞ。」と多田が汽車の窓から顔を出して言った。声は流石《さすが》に上ずっていた。

「多田勝介、頼んだぞ。」と皆が声を揃えて浴びせかけた。

多田は前途の望みに燃えながら、京都へ立って行った。「アスユク」という電報は従妹宛、すでに打ってあった。

京都から帰って来ると、多田は直ぐ僕の下宿へやって来た。彼は急ぎ足に階段をあがって来た。

「おい、帰って来たよ。」

「どうだった？」

「暫く考えさせてくれと言うんだ。あんまり突然で、考える暇がないから。」

「そりゃ、そうだろうねえ。」

「一週間以内に、手紙で返事を寄越すことになっとるんだ。」

意気軒昂として帰って来る多田を期待していた僕には、少し物足りなかった。多田が帰って来たら大変だぞ、さぞ吹きまくられることだろうと、東京駅からの帰りに、僕達は話し合ったものであった。しかし多田は、決して失望している様子ではなかった。ただ即答を得られなかったことが、彼の気分を幾分引き立たせないらしく思われるのだった。

「で、あちらの模様は、どんなふうだった？」と僕は訊ねた。

「うん、京都へ着くと、直ぐ寄宿舎へ行って従妹を連れ出し、八瀬まで電車で行って、叡山に登ったよ。――谷崎潤一郎の『二人の稚児』を読んでなくて残念だった。」

「ああ、二人のお稚児さんが叡山へやられて、山の上から、京の町を恋う話だねえ。」

「登美子の奴、その作品がとても好きらしいんだ。君のところにあったら、貸してくれないか。読んでみたいと思うから。」

「持って行くといい、そこらにあるから。」

「四明《しめい》ケ嶽《だけ》の頂上で、京都の街の方を向いて話したよ。琵琶湖の光るのを見ながら話そうかと大分迷ったけれど、『二人の稚児』の話が頭にあるものだから、京都の街の方を向いて話したよ。おい、登美子、僕と結婚しないかと切り出したら、暫らく言葉が出なかったねえ。昨夜僕の電報を見た時は、金に困って、金を借りに来るんだなと思ったんだって。」

「察しがいいんだね。」と言って僕は笑った。

「彼奴は、そういう察しのいいところがあるんだ。それというのが、僕の行動を知悉《ちしつ》しているからなんだ。しかし、結婚の申込みだけは、夢にも考えられなかったと言っていたよ。真実の兄に対するような気持だけで、結婚の相手として考えるなんて、冒瀆のような気がするとも言っていたよ。」

このあたりに来て、多田の土産話は、漸く持ち前の熱を帯びて来て、僕を動かすのだった。

「随分激しい衝動を受けただろうね。」

「なんだか、ブルブル慄《ふる》えていたよ。僕は、ポプラとエルムの話しもしてやったんだ。もちろん僕の理想も語ったよ。頭が良くて、淑やかな女を女房にして、今のだらけた生活から足を洗って、一生懸命勉強したいということをねえ。それから、僕は六つの時に母親を喪って、それ以来優しい愛を知らずに育って来たし、お前は孤児同様にして育って来た女だし、二人とも不幸な人間同士なんだから、お互に慰め合ったら、きっと美しい家庭が出来るんだと、僕は言った。僕は決して幸福な女と結婚したいとは思わない、不幸な女だから、お前と結婚したいんだと言ったら、ポロポロ涙をこぼしていたよ。そして、兄様は淋しい人ですねえと言ったよ。うん、僕がパッパと金を使ったり酒を飲んだり、派手に振舞ったりするのは、みんな淋しいからなんだ、子供の時、毎晩、亡くなった母の写真を抱いて蒲団に潜って寝た気持が、今につづいているんだ、その淋しい気持が、お前という人間を求めるんだ、僕の淋しい気持に、お前が一番ぴったりするんだと、僕は自分の心底を吐露したよ。なにか、手応えのある感じだった。」

そう言いながら、多田は赤く充血した眼を、ハンカチで拭いた。

「そりゃ、随分向こうを動かしただろう。きっと成功するよ。」

僕も思わず多田の話に身が入って、そう言った。

「それから、一緒に例の詩集を読んだり、何か彼《か》にか雑談をしていたら、フリイジヤの花が好きだというんだ。僕はどんな草花か知らなかったんだが、東京に帰って来て花屋へ行ってみたら、それがあったから買って来て瓶に挿してるよ。白い花で、彼奴の好きそうな花なんだ。」

「大分甘くなったねえ。」

「うん、大甘だよ。」と言って多田は笑った。それから附け足した。

「帰りは、根本中堂《こんぽんちゅうどう》の方へ廻って、またケエブル・カアで下界に降ったよ。実際下界に降る感じで、急に現実世界に帰った気がしたよ。それまでは、なんだか夢幻の世界にいるような気持だった。電車が学校の前に来ると、従妹は『左様なら』と言って、電車を降りて学校の門を入って行くんだ。僕は電車の中から、その後姿を見送ってい て、実に悲しかった。だから、汽車に乗ると、食堂車に入って、ビイルばかり飲んでいた。従妹も恐らく一晩中眠れなかったにちがいない。」

多田は調子づいて語ったが、それは決して吹きまくるというような種類のものではなくて、沈痛な響を伝えるのだった。それだけ、この結婚問題が、彼の深い処から出たものであることが、察しられるのだった。

京都から届いた手紙をふところに、多田が僕を訪ねて来たのは、それから四五日してからであった。彼は、荒々しく階段を踏み鳴らしながら、僕の部屋にあがって来ると、九銭の切手を貼った分厚い封書を机の上に叩きつけながら、「畜生！」と叫んだ。

僕は手紙を開いて読んでみた。それには、兄様と別れてから、二晩三晩は一睡も出来なかった、あれからずうっと今日まで学校も休んでいると書いてあった。やはり、兄様のことを考えれば、真実の兄のような気がして、自分の夫として考えるなんて恐ろしい気持であるとも書いてあった。それに、夫婦になる以上は、お互いに未知数のものを持っていて、その未知数なものから何かを創造して行くのが楽みなのに、兄様と自分の間には何一つ未知数のものがなく、すべてが明らさまに知られ過ぎているので、結婚する張合いが余り感じられないということも書かれてあった。最後に兄様のような奔放な、天才的な方には、自分のように勘の鈍い者は到底従《つ》いてゆけそうになく、自分は学校を出たら女学校の教師になるつもりだが、その時は、中学教師のような地道な人と結婚して、平凡に人生を渡って行きたいということなどが、綿々と、委曲を尽した文章で書かれているのであった。

「残念だねえ。実に行きわたった手紙だが、君にとって工合の悪い手紙だから、感心するわけにはゆかない。」そう言いながら、僕は十枚に余る便箋を封筒の中に納めた。

「態好《ていよ》く振られちゃった。」

そう言って多田は歯ぎしりをするのだった。

それから多田は、その重い手紙をふところに入れ、友人達を訪ね歩いてはそれを読ませ、「畜生！　畜生！」と叫んでいた。酒を飲みに行っても、彼はそれを卓子の上に叩きつけながら、「畜生！」と叫ぶのだった。彼の飲み方は、以前よりも一層激しく荒んで行った。そして、彼は健康を害したのであった。盛んに咳が出るのである。学校の医務局で診断を受けると、肺尖加答児《はいせんカタル》だということだった。彼は医者から転地を奨められた。


多田勝介が転地したのは、房州館山の海岸ホテルであった。海岸ホテルは、燕楽軒の経営だったから、燕楽軒の帳場から紹介してもらったのであった。

多田は館山行が決ると、自分が両国駅を立つ時には、高瀬の下宿の禮子に、どうしても見送らせるんだと言って、高瀬の部屋へ度々遊びに行き、禮子を交えてトランプをした。

高瀬は、禮子とその弟の中学生と二人きりの家の二階を間借りしているのだった。禮子は明るく派手で、勝気な気性らしく見えた。それを多田が狙ったのだ。

多田が房州へ立つ朝、禮子は果して両国駅まで見送りに行った。僕は、多田の立つのを知らなくて、行きそびれてしまった。両国まで行った友人達の話を聞くと、彼は車窓から乗り出しながら

「じゃア、元気になって帰って来るよ。禮子さんも、みんな、御機嫌よう。」と言って、上機嫌で立ったそうである。

多田は向こうに着くと、ホテルの便箋で、直ぐ手紙を寄越した。

「朝、鮮かに晴れた空と翡翠色の海とは、起きた許り《ばか》の僕を狂喜せしめた。自分というものを全く忘れた貌《かお》で、約二時間磯辺と遊んだ。武智兄。君に何等の通知なしに当地に来た。君にわざわざ通知するには余りに疲れ切った身体だったのだ。もう少し正確に言うならば、病を負った僕はそんな世間並の煩いの鎖を断ち切りたかったのだ。今の僕は孤独と静寂とを讃美する。病気見舞といって親切に多くの友人が

僕を訪れてくれた時、僕は僕の性格から厭《い》やな顔は出来なかったが、僕の疲れた身体は時々泣き度い気持を誘うた。僕は耐え切れないように当地に逃れて来たのだ。今は二晩眠った明くる朝だ。禮子なんか糞喰えだ。僕は京都の従妹が思い切れない。しかし思い切るよ。そして元気になって帰るよ。ホテルは気持がいい。すがすがした五月の空気は僕の人生を暗くはしない。今ヨットを浜辺から出しているよ。見るうちに黄色の帆のヨットは静かな海に乗り出した。軽く辷《すべ》ること。まだ書き足りないけれどペンを走らすと胸が苦しい。折々手紙を」

その次に来た手紙には、こんなふうに書いてあった。

「今君の手紙を受けとった。

先日学校宛てに君に手紙出した。君の宿の番地がはっきりしなかったから。それに君に知らさずに当地に来た弁解を書いた積《つも》りだ。

君の手紙を読んで何故だか嬉しかった。誰の手紙より嬉しかった。

今日は暖かい。同宿の人は湯上りを着ていた。磯辺を歩くのはほんとに気持がいいぞ！　三浦半島が蠑螈《イモリ》の如く横《よこたわ》っている。

大分元気になった。熱ももう出ないらしい。寝汗もかかなくなった。時々ホテルのヴェランダでビールを飲む。

退屈紛れに小説を書いている。例の問題を片附けるつもりだ。書いてるうちにだんだん興味が湧いて来た。僕でも一生のうちに一篇位は纏《まと》めておきたいと思うね。出来たら君にその文芸的価値を批評して貰うか……

当地には来月の十日ごろまで居て、それから一旦上京して帰郷しようかと思う。とに角この一年は東京に居たくないと思っている。僕の性格として田舎でも勉強が出来ぬことはないのだから」

多田は館山のホテルから一篇の創作を送って来た。僕はそれを読んで、自分の感想を忌憚なく書き送った。彼からは直ぐ礼状が届いた。

「ホテルの生活も漸次新鮮味を失う。創作に三昧するのは安眠を妨げることに気附いて莫迦《ばか》になりたいと思った。砂浜の散歩も単純と退屈をもたらすものに過ぎぬと思うことさえある。殊に今日のように雨の降る日と来たら。それでもすみれの花が見出されないこともない。

今朝芥川の『枯野抄』を読んで感心した。僕の処女作のごとき恥しくて仕方がない。然し君の批評は有難く拝読した。君の批評によって自ら省みなくてはならぬ所の多くを一層感じた。

僕の科学的論理は僕の創作の妨げになるだろう。然し僕から科学的論理を奪えば僕の小説には特色がなくなりはすまいか？　僕の芸術的論理は僕を学者にしない。しかし僕から芸術的論理を奪えば僕の生命は萎微《いび》するだろう。とに角僕の似而非《えせ》科学者的頭脳と似而非芸術家的性格とが僕の存在価値を低めることは確かだ。

金の来次第一度上京したいと思う。その折は又ゆっくり話そうではないか。

呉々も御批評を有難う。」

館山から帰京すると、多田は中国地方の郷里に引っ籠って、猛烈な勢いで法律の勉強を始めた。高文の試験を受けるために勉強するのではない、勉強するために高文の試験を受けるのだといっていた。彼を法律の勉強に駆り立てたものは、彼の創作小説に対する相当酷《きび》しい僕の批評ではなかったかと思う。彼は、生硬な、だが血のにじむような文章で、自分の創痍《そうい》を一篇の小説に書いたきりで、あとは断念した。

しかし、多田は高等文官の試験に合格しただけで、遂に学校を卒業するに至らずして、中道で夭折した。享年二十七歳。

トンネルの娘

1

わたしの故郷、田ノ口村（現、大方町《おおがたちょう》）下田ノ口から、この地方の主邑《しゅゆう》N町（現、市）まで真西二里（八キロ）、丁度まん中ほどのところに、逢坂トンネルがある。わたしの村から入って行く東口に、「文明之利器」という字をかかげ、西口には、「竣工明治二十九年」の文字をかかげている。明治二十九年と言えば、土木事業に熱を示す県知事が、県下一円に県道を造らせ、同時にトンネルを完成したのである。赤レンガのトンネルで、一町足らずである。まん中に行くと薄暗くなって、水の雫が落ちている。春になると、牡つつじ（赤）牝つつじ（紫）がトンネルの山を彩る。また、谷合いに竹似草《たけにぐさ》が生えている。

応仁の乱のとき、一條氏がその乱をのがれて、荘園の地であるN町に来た。長曽我部元親に滅ぼされるまで、一條氏は四代つづいた。この一條氏は、ことごとに京都を恋うた。

　明治時代になってトンネルを掘ってふたたび京の逢坂の関をしのんだのであろう。百人一首に、むかし蟬丸が、「これやこの行くも帰へるも別れては知るも知らぬも逢坂の関」と歌った。ついで、トンネルのあるところは、東山村（現、N市）古津賀《こつか》である。町には、京町、愛宕町《あたごまち》がある。N町の奥には、鴨川（加茂川）というところがある。不破八幡は男山八幡を勧請《かんじょう》したものである。大文字の山焼は、五百年の伝統を保って、今に行なわれている。土佐の小京都と呼ばれるゆえんである。

　トンネルの西口には、高瀬自転車店があった。新品や中古品を扱うが、主として古自転車の修理をしていた。広い土間を仕切って、半分で自転車店を、半分ではおかみさんが茶店を出していた。

　子供は、豊と不二子の二人であった。豊は小学校を卒業すると店の手伝いをした。

　トンネルに接して、小さな泉水があって、きれいな水が噴き出ていた。緋鯉、真鯉、白鯉、紅白まだらの鯉などが、その噴水でうたれていた。わたしは子供のとき、N町への行き帰えりに、低い塀にもたれて、それをあきもせず眺めたものである。

自転車店の向うの崖には、夏になると、山百合の花が咲いた。

豊が学校へ行くとき、不二子は一しょに行った。豊が卒業すると、不二子は大きくなったし、一人で学校へ行った。九十九折《つづら》の坂を下って行った。杉の木立がその坂を点綴《てんてい》していた。たいていの朝は、霧がかかっていた。それを見ると、日本画の風景を思い出した。

紅梅の軒下に咲く家があった。この家は、古津賀の第一歩の家である。この家には学校へ行っている男の子があったが、不二子は一しょに行くことは希《まれ》であった。この子は中学生と一しょに行って、英語を習った。

その隣は、白い土蔵のある家で、白い壁に鷹の羽の紋章を書いていた。その紋章は大分くすんで、うすれていた。

つぎは、小川のほとりの小さい家であった。ここの主人はダイナマイトを投げこんで、魚を捕えようとした。それをしくじって、手先がふっとんで、片輪になった。この家にも学校へ行ってる男の子があった。不二子より一つ二つ下であった。

そのつぎは、物持ちらしい家構えであった。いつも鍬をかついで野良仕事に行くのが、娘一人であることが淋しげであった。

古津賀の入口は、こんな風に十軒ばかりの家があった。向いの山の鼻に山桜の老樹があって、春になると薄紅色の花をいっぱい咲かせていた。

六部《ろくぶ》ン鼻《はな》で県道に分れて野道を行った。そこらあたりは、もう古津賀っ原である。学校もそこにある。たいていの朝は、霧のために人影ももうろうとしている。

至るところに藺草《いぐさ》が干してある。いやに白いと思ったら、泥をつけて干してあった。

町のこやしをくんで、荷車を牛に引かせて行くのに、しばしば行き合った。

女の人達が、しゃべったり唱《うた》ったりして、賑かに、柳の皮をむいていた。バスケットや行李を作るのである。会社からそろいの黄色い手拭をもらって頭に冠っていた。

遠くの伊豆田《いった》の山並に霞がかかっていた。足摺《あしずり》岬へ行くのは、あの山を越えて行くのだ。

そのN町へ行くときは、不二子はそのままずうっと県道を行かねばならなかった。そのときは、いつも母と一しょだった。

横堤の手前で、下田へ行く県道と別れる。下田はN町の外港であり、N町から二里（八キロ）で、その間馬車が通っていた。

横堤に来ると、N町の黒い家並が光って見えた。佐岡の一本松も見えた。やがて、一本松の下へ来た。そこには、野中兼山の掘った掘割が流れていた。ほこりを浴びた足を洗った。それから、そこらの桑畑に入って小便をした。町にはまだ共同便所がないので、町に入る準備をしたのである。そして四万十川の支流後川《うしろがわ》にかかった久栄岸《くえきし》橋を渡った。久栄岸橋は洪水のとき、引っかかるものを少なくするために、欄干を低くしていた。四万十川の本流は、N町の西をかぎって流れていた。渡船があるけれど、近い中に橋がかかるという噂であった。

四万十川は霧が発生するので名高い。志賀重昂の「日本風景論」に取り上げられている。

久栄岸橋を渡ると、N町の東入口である蘭香《らんが》に入って行く。下田通いの馬車の立場があった。魚市場の喧騒が手に取るように聞える。一杯二銭のそばを食って昼飯の代りにする。N町の家はみな二階家である。それは洪水にそなえたのである。

河内屋、今利屋《いまり》、武林呉服店などを廻って、着物などの呉服物を漁った。まからず屋（まけず屋）は、正札つきの店で、陳列してあるものがみな高級品で手が届かない。不二子が男の子であったら、ナイフを買ったであろう。

N町で一番大きな病院である杉病院へ、鼻が悪くて入院している従兄の見舞に寄った。そのとき、車井戸のきしむ音に驚いた。

音と言えば、町外れのお伊勢さんに参ったとき、鈴の音があまりに高いので、不二子はまた驚いた。不二子自身が紐を引いて、鈴を鳴らした。女の子が鳴らしても大きな音がした。

そこへ行く途中に、長大な屋根が見えた。それは県立N中学の屋根であった。

教科書は、京町の楓書店で買った。

高瀬自転車店と並んで、トモエさんのいる店が建ったのは、いつだったろうか。わたしたちが、中学へ行っていた頃だろうか。小学校のころは、少しも印象に残っていないからである。トモエさんの店は純然たる茶店であった。彼女はまるで人形のように、一分のすきもなく化粧をしていた。それが、とても彼女に似合った。町の不良学生がよく言ったものだ。「今日はトンネル美人を見に行くぞ」いつの間にかトンネル美人と呼ばれるようになった。

われわれ中学生は横目でにらんで、朝晩彼女の店の前を通った。ただ一度だけ夕立が来たとき、何気なく彼女の店に飛び込んだ。

いつか大柄の女中がこの店に来たことがあった。彼女に比べると、トモエさんは小柄に見えた。その女中はいつの間にか居なくなった。わたしの村の大工の富さんの嫁さんになっていた。

横目でにらんで通るだけでは満足出来ない中学生があらわれた。それは野波長吉と、同じく高義であった。彼らは学校をなまけて、トモエさんの店で酒を飲むことをおぼえた。長吉は四年生、高義は二年生であった。彼らはその年に落第した。二人とも学校をやめた。長吉は隣村へ養子に行ったが、不縁になって戻って来た。今日でも健在である。多分わたしより一つ年上だから七十九である。高義は間もなく結核にかかって、日ならずして死んだ。

トンネルの西口は、西日がはなやかに照り、人家も二軒あるし、陽気に見えた。これに反し、東口は朝日が照るだけで、あとは陰気に見えた。家も一軒もない。不二子は何となく淋しい気がして、東口へは滅多に行ったことがない。そこら一帯は、田ノ口村羊歯《しだ》ノ川という山村で、貧しげな家があちこちに散らかっていた。

羊歯ノ川にはもと小さな銅山があったけれど、いまは廃鉱になっている。その銅山口に、酒井卯之助、亀之助兄弟が父親と一しょに暮していた。母親はとうの昔に亡くなっていた。卯之助と高瀬豊とは同い年で、隣附合をしていた。卯之助は青年団では上田ノ口にぞくし、学校は下田ノ口小学校であった。豊は青年団も学校も古津賀であった。

　ある日、卯之助から、豊に言づけがあった。

「岩松（苔）をやるけん、取りに来ないか」と言うことであった。豊は早速妹をともなって出かけた。

　卯之助の家に行って見ると、水滴がポチ、ポチ落ちて、岩松をうるおしていた。岩松はなかなか太りにくいが、大き目のを二、三本貰った。豊はその日の中に、岩松を噴水の出る岩に植えた。

「名物男のオンビキ（蛙）庄を見せてやろうか」と卯之助は不二子を誘った。豊はしょっちゅう草履を買いに行くので、オンビキ庄を格別珍しくは思わなかった。不二子は、オンビキ庄がどんな人だろうと思った。

　オンビキ庄の家は県道に面した小屋だった。みんなが訪ねて行くと、彼は非常によろこんだ。一日中、人に会わないこともあるので、大きな声でしゃべり、笑い声も立てた。彼はいつものように藁仕事をしていた。これまでは、なんの変哲もなかった。

その中、小便を催おしたのであろう。突然立ち上った。二本の脚で立ったが、しかし歩くことが出来ない。手をオンビキのように前に動かし、ピョン、ピョンととんで道路を横ぎって行った。車のない時代のことであるから呑気だった。

オンビキ庄は若い頃、羊歯ノ川の銅山で働いていた。あるとき、落磐があって、ペシャンコに押しつぶされた。幸にして、命には別條なかったけれど、生れもつかぬ片輪になった。それからオンビキ庄と言われるようになった。彼の本名は川村庄之助である。

不二子は、卯之助が期待したように、また自分で考えていたような、好奇心を動かされたかどうか。むしろ嫌悪を感じさえした。気の毒で顔をそむけたくなった。早くうちに帰えりたいと思った。

2

四月×日、不二子は入野《いりの》高等小学校の生徒になった。試験も何もいらない。兄が附いて行って、手続きをすればよいのだった。

入野高等小学校は、坂東《ばんどう》四ヶ村立（田ノ口、入野、七郷《ななさと》、白田川《しらたがわ》）の学校だった。四ヶ村の秀才が集まるので、評判がよいのだった。殊に三年は評判が高かった。師範学校の入学率がすぐれていた。よその村から来て、下宿して通学するものもあった。高等小学校に行くのに、下宿するとはめずらしかった。不二子はもちろん二年まで行くことにした。入野高等小学校を選んだのは、有名な秀才学校を女学校の代りにしたのである。

始業式の日は、まだ暗い中に家を出た。袴を着け、新しい草履をはいた。袴は毎日着用し、草履はオンビキ庄の作った紙緒であった。しばらくすると、下駄にかえた。

学用品や弁当箱などは風呂敷に包んで、捧げ持って通った。

（以下の道中記は、長い間の見聞であった。たった一日だけの見聞ではない。）

間もなく夜が明けた。遠くに禿山が見えて、朝日が照っていた。これは上田ノ口銅山の跡で、徳川時代からつづいていた。シキ（坑道）に水があふれて、いまでは銅を掘ることが出来ず、廃鉱になっている。

鉱業所の主任が、郷里岡山に引き揚げたときのことは、不二子はまだ幼なくて、何にも知らないと思うので、わたしが代りにちょっと書いてみる。その主任は山根さんと言う人で、二人の男の子が下田ノ口小学校の世話になり、お金やその他を寄附したり、四季四季には学校へ行って、祝辞を述べた。山根さんと学校とは、切っても切れない間柄であるので、引き揚げの日には、三年以上の生徒は山根さん一家を見送って、トンネルまで行った。そこで山根さん一家は人力車に乗り、センベイをみんなにくれた。

銅山口には木賃宿があった。毎朝へんろがゾロゾロ出て来た。

その近所の道ばたに、かなり大きな池があった。トンネルの池の倍くらいあった。濁った水がいっぱいだった。大きな鯉が時折り紅や白の背を見せた。その家の人は、日蓮の信者らしく太鼓をたたき、お唱えをしていた。表の戸を開けていることがなかった。戸を閉めているのだった。

少し行くと、田ノ口橋というちょっとした橋があり、その袂《たもと》には水車小屋があって、ゴットン、ゴットンと廻っていた。隣の高みには田ノ口村役場があった。

ここから、下田ノ口小学校までは吹きさらしであった。右手の田圃の中に、こんもりした森があって、鳥居がのぞいていた。これは旗山さん（神社）と言って、上田ノ口と下田ノ口の仲間の鎮守の森であった。木華咲耶《このはなさくや》媛《ひめ》をお祀《まつ》りしてあった。安産の神様である。

下田ノ口小学校は、在所からはなれて、ひとりポツンと、山の手寄りにあった。上田ノ口（七十戸）、下田ノ口（百戸）、御坊畑《おんぼうばた》（三十戸）から百人前後の生徒が集まっていた。先生は三人である。酒井兄弟やわたしの母校であった。小さな学校であるが、自慢にしていることがあった。春には桜の花にうずもれることであった。せんだんの木が二本まじって立っていた。葉が落ちつくすと、せんだんの実があらわれて来る。すると、鳥がさわがしく鳴き交しながら、ついばんでいた。

学校の前には「田ノ口古墳」があった。

下田ノ口の村はずれの一軒家の白い壁に、俵のような大きな蜂の巣があった。熊ん蜂の巣であった。俵のようなと言うのは、誇張かも知れないが、人の頭くらいはあった。

やがて、入野の在所に入った。傘松が一本空高くそびえていた。入野の尋常である。それからすぐ松原で、松原のまん中にある八幡様の隣に高等小学校があった。学校は鍵の手になっていて、軒が低く古ぼけていて、暗そうであった。

校長は郡下で指折りの教育家である。親切で、やさしい人である。一見旧知の如く、親しみを持ってくれて、初めての土地へ行ったような心細さを少しも感じさせなかった。

不二子は校長の顔から、目をはなすことが出来なかった。左頬に、真っ赤いあざがべったり食いついていた。生徒たちは、こっそり「赤又先生」と呼んでいた。校長の本名は野波又太郎と言う。

この先生は夏になると、竹で編んだひょうたん型のバッタ入れを持って、学校へ行った。行き帰えりにバッタやイナゴを捕って入れた。鶏の餌にするためである。

この先生はまた野波高義の父君である。

学校の一の隣は、八幡さんだった。太夫さん（神主）はお酒が好きらしかった。朝っぱらからあかい顔をしていた。

不二子が入野に来る間に、霧がかかったことは一度もなかった。また牛に出会ったことも一度もなかった。会うのは馬だけであった。逢坂山を境にして、西と東ときっぱり別れているのが、彼女には面白かった。

不二子は直ぐに仲良しが出来た。淋しい気持など忍び込む余地なんかなかった。その中でも一際親しい附き合をしたのは、上田ノロの松岡春千代、下田ノロの森泰子、入野芝の小橋小春、入野早咲《はやさき》の宮川玉子、七郷加持《かもち》の植田豊子などであった。

それらの人とは、遊びに来たり、遊びに行ったりした。しまいには、泊りに来たり、泊りに行ったりした。みんな不二子がトンネルの娘であることを珍しがった。

先生の中で人気のあるのは、なんといっても、河野（英澄）先生であった。彼女らの担任であった。授業は決して退屈ではなかったが、それより昼の休みに、面白い小説を読んでくれたり、面白い話を聞かせてくれたりするのがたのしみだった。一番面白かったのは、黒岩涙香の小説「噫無情《ああ》」で、ジャン・バルジャンの出て来る作品である。あんな小説なら、二度でも三度でも読んでもらいたいと思ったものだ。

それに河野先生が好男子という評判であったので、一層人気をあおったのだった。顔は赤味走って、背は高い方だし、背筋が真直ぐだった。自転車――それもラージという高級車で学校へ通った。自転車で通う先生はまだ一人も居なかった。先生はハイカラなところがあった。彼女らにＡＢＣを教えた。先生は七郷村浮津の出身であった。

先生はちょいちょいＮ町に出掛ける。不二子が自分の教え子の一人であることを知って以来、トンネルの店に立ち寄って、お茶を飲みながら、世間ばなしをして行くようになった。彼女は好きな人気のある先生が、自分の家に来てくれることを、内心得意だった。

毎週、不二子は土曜日になるのが待遠しかった。その日は、一時間か二時間、家に帰るのが遅くなっても、学校の下の砂浜で遊んで帰えった。

白の砂、青い松原、これから先はアメリカであると言われる広い海、気が遠くなるのであった。あのせせこましいトンネルで、十何年間よく辛抱したものだった。

左手には伊田《いだ》岬が真近かにせまっており、右手には遠く足摺岬が突き出ている。二つの岬は、一つの湾を抱いている。時折り、海の上に汽船を見かけることがある。東へ二里（八キロ）の上川口の港へ出入りする汽船の汽笛のきこえることもあった。沿岸船が来るのは、たいてい夜分であるから、滅多にきくことはない。浜に出て遊ぶことはたのしい。先《ま》ず第一に白砂を弁当箱にいっぱい詰めて、うちに帰えった。真水で塩気を抜いて、あとは泉水にばらまいた。それを何回もくり返した。

そのつぎは、黄色や紅の桜貝を拾ったことである。桜貝の美しさに魅せられて、いつの間にか遠くまで来ていることに気づき、あわてたこともある。

波打際に潮が引いたあとに、砂がポコッとふくれている。砂を掘ると、小さいのがクチエガミ、大きいのが燈台カニであった。

浜駒（カニ）は波打際に棲んでいる。捕えようとすると、素早く穴に逃げ込む。まだ一度も捕えたことがない。

七月が過ぎ、八月が来ていたが、誰も海水浴をする人がない。きれいな浜であるのにもったいないと思ったので、きいてみると、巻き出しでおぼれることをおそれるので、それで海水浴をしないとわかった。巻き出しというのは、潮が引くときに、それにあらがうからおこるのだ。潮の引く時に、素直に沖へ引かれていって、今度潮がさす時についていてくればおこらないのだ。

N町の海水浴客は、浮津あたりの浜に泊りがけで来たり、通いで来たりする。

南に一、二町行くと、小島がある。枝ぶりのいい松の木が十七、八本生えていて、龍宮の祠が祀ってある。いつの頃だったか、若い男女が抱き合って、海に飛び込んだ。死んだのは女だけで、男は助って、岩に這い上った。浜に出て来た漁師に助けを求めて、黙って手を振った。彼は声が出なかったのだ。それから二年後に死んだ。そんなことを彼女は人から聞いて、無気味に感ぜられた。もう二度と小島には来ないと、決めたのだった。実際、彼女は潮が引いて、楽に小島に行かれるときにも、一度しか行かなかった。小島の根のところが、巻き出しが一番はげしいということであった。

ずっと向うに、田ノ口村田ノ浦の港の口に弁天島が見える。弁天島は小島より小さくて、小さい松の木が四、五本生えていて、弁天様を祀ってある。小島と弁天島と両両相対しているのは、ちょっとした風景である。入野八幡は郷社である。坂東四ヶ村の中で、郷社はこの一社だけである。お祭りのときには、四ヶ村の人々がお参りに来た。言ってみれば、四ヶ村のお祭りだった。ついでに言えば、不破の八幡は一つ格が上で、県社であり、旗山神社は格が二つ下で無格社である。

八幡宮のお祭りは、夏と秋にある。秋は大祭であるから、夏祭にない催しがあって賑かである。

鼻高が二人出る。天狗の面をかぶり、棍棒を持っている。子供のときはみんな怖がる。

児踊り。男の子が顔に白粉《おしろい》をつけて、たすきがけで、太鼓の音につれて踊る。秋の夜長に幾晩も、踊りの稽古をする太鼓の音が流れて来る。

上げ馬（競馬）、不破の八幡で見たことがあるけれど、何度見ても心が逸《はや》る。一の鳥居から社前までの短い距離だったけれど、緊張して手に汗を握った。二頭ずつ、二組か三組かであった。田舎のことであるから、専門の競馬うまではない。不断は農耕に使っている馬なのだ。

お菓子、おもちゃ、柿、絵本、肉桂、肉桂酒などを売る店がたくさん出ていた。

お祭りがすんでしばらくすると、お寺の大銀杏は黄金の雨を降らせる。不二子はそれを拾って帰えって、しいしおりをこしらえるのをたのしみにしていた。

3

不二子は所望せられて、入野へ嫁入って来た。彼女は喜び勇んで片づいて行った。入野という土地が好きなのである。彼女は二十歳《はたち》前であった。所望したのは、竹村彌三郎という男で、彼の父親は馬喰《ばくろう》であった。

彼は雑貨屋の「彌三やんの店」を経営して、松原の際の浜ノ宮に店を開いていた。彼の所望は当った。成功したのである。彼らは夫婦仲が睦まじかった。彼女は骨身を惜まず働いた。彼女は愛想がよくて、万人に愛された。この商売は彼女の性に合っていたらしい。

彼女は丸顔で、ちょっと可愛らしかった。その彼女が、うっすらと化粧して、手甲《てっこう》脚絆《きゃはん》に身をかため、雑貨を荷車に積んで、わたしの家へも売りに来た。彼女の話を聞いていると、その弁舌のたくみなのに、さしあたり必要がないものでも、つい買ってしまうのだった。そうかと思えば、しばらく彼女が来ないと、淋しく待ちかねた。

あまり仕事に熱中して、息をつく暇もなかった。このあたりで、一息入れることにした。二人で足摺山の涅槃会《ねはんえ》に行くことにした。「新婚旅行のつもりで行こう」と二人は話合った。

二人は上川口から汽船に乗って、足摺岬の伊佐の港に上陸した。四国三十八番の札所、足摺山金剛福寺に参詣した。それから「天空海濶《てんくうかいかつ》」の額のかかっている百畳敷を見た。二人はこんな大きな部屋は見たことがなかったので魂消《たまげ》た。揺るぎの石、千万《せんばん》滝、一夜建立の鳥居、亀呼岩などの七不思議を見物したり、燈台を背景に写真を撮ったりした。春先の空っ風が吹きまくって、せっかく浦の娘たちが化粧しているのが剝げて、まだらに見えた。

その晩は、中ノ浜のへんろ宿に泊った。

そのあくる日は、奇岩怪石の名勝龍串《たつくし》に遊んだ。女の案内人をやとって、種々説明をして貰った。「大竹小竹」が一番すっきりした印象を残した。説明を聞いても分かりやすかった。見残しはまだ開発されていなかった。

その日は、以布利《いぶり》に一泊した。

次の日は、最終日。二人は伊豆田の山を越えて、トンネルに帰えり着いた。トンネルの人たちは、珍しいお客さんだから、狼狽もするし、喜びもした。

父親は早速ご馳走を買いにN町へ自転車を飛ばした。酒はあるにはあったけれど、残り少なくて不安だから、安田酒店に寄って、五升樽一樽を買った。牛肉、鯛の刺身、干し鮎、卵、豆腐、ねぎ、大根など、どっさり買い込んだ。しかし、平生酒を飲まない彌三郎は殆ど箸をつけないで、酔いつぶれた。

あくる日の昼前に、目が覚めた。また小さな宴会をして、その日の午後遅く入野に帰えった。

不二子は、三泊四日の新婚旅行をすませると、気になることはなんにもなくて、また息も出来ん程に働いた。そして、入野の中心街本村《ほんむら》に「彌三やんの店」が進出した。店の名前も「竹村百貨店」とかえた。略して「竹村」と言った。昨今では、簡単な結婚衣裳をととのえることが出来た。
十八、九年前、わたしは故郷に帰えつた。
一日、村の老若の棋士が十数名集まって、わたしのために「帰郷歓迎将棋大会」を催してくれることになった。わたしは将棋連盟からもらった名誉初段の免状を持って出席した。

この大会を思いついて主唱したのは、青年松田勝であり、彼の家を会場として提供したのだった。彼は将棋が滅法強かった。ゲストとしては、竹村彌三郎。彌三やんは将棋が好きで、相当強いという評判だった。だいぶ将棋が進んだころだった。わたしの従兄である野波義光と彌三やんとの話を小耳にはさんだ。彼ら二人は入野の高等で、同級の旧友であった。

「奥さんが死んだのは、気の毒じゃのう。どこで死んだかえ」義光。

「物置で死んだ。なぜ死んだか、さっぱり分らんけんのう」彌三やん。

「神経衰弱か何かを病みよったのとちがうかのう」

「わしもそう思うたけんのう、いろいろ昔からのことを思い出してみたけんど、神経衰弱の様子は気振りもみえなかった。わしらの仲はよかった。こんな時はよく女が中にあるもんじゃけんど、わしらの場合はそれがない。借金で首が廻らぬこともないこれでも資産は伸びておるぜえ」

「子供はどうぜえ」

「残念ながら子宝には恵まれなかった。子供があれば、死ぬることも思いとどまったにちがいない。子供があればと思う」

「そうじゃのう」

結局、不二子は自分の働きに限界を感じたのにちがいない。自分はどんなに働いても、もう大したことはないと衝撃的に死んだのにちがいない。

「そうじゃのう。年を取ったと思うだろうが、大年寄ではないけん、あとを貰えば、淋しさをまぎらわすことが出来らのう」

「そのことだよ」

将棋が終ったときの成績は松田勝が全勝。彌三やんが松田勝に一敗して二番目だった。わたしは名誉初段の免状が泣きたくなるような成績で終った。

彌三やんは笑いながら帰えって行った。愛想のいい不二子がいない家に帰えって行くのだ。心なしか、彼の肩のすっこけた後姿が淋しそうであった。

冬営

過ぐる一冬のことを思ってみる。

夕食を済ませると、夜な夜な、汚れた茶の間の電燈の下で、一家の団欒《だんらん》がつづいた。大きな茶餉台《ちゃぶだい》と小さな茶餉台を並べ、大きな茶餉台には僕と妹の仙子が向い合い、小さな茶餉台には恭子と幸子が向い合い、茶餉台と茶餉台の間には瀬戸の火鉢を置いて、四人が四方から手を差しかざしながら、夕飯を食べた。夕飯が終ると、茶餉台も火鉢もそのまま、みんなその場に腰を据えて、思い思いの仕事に耽るのであった。

それが毎夜のことであった。来る晩も来る晩も、同じことであった。毎年のことながら、冬になると、気持が澄んで、僕は多少とも詩人になる。が、別けても、懐しい、忘れられない一冬であった。子供達にとっても、幼な心に思い出の深い一冬だったにちがいない。――その子供達の思い出のために、僕はこの小品を書くのである。

しかし、「冬籠《ふゆごもり》」だとか、「冬の夜話」だとかいう題は、どうもふさわしくない。「冬営」だ。そうだ、「冬営」という言葉がしっくりする一冬であった。

思ってもみるがよい。タラワ、マキンにおける悲壮な戦死につづいて、米軍はクェゼリン、ルオットに上陸し、更にトラック、サイパンに出撃して来たのが、この冬のことであった。空襲必至と叫ばれ、疎開ということが真剣に実施されはじめたのも、この冬のことであった。時局が決戦非常措置に向って衝迫して行ったのも、この冬のことであった。

だから僕達の生活は、そのまま冬営だったのだ。居ながら戦線に列《つら》なる意識が、この冬くらい、強く身に迫って来たことはなかった。夜な夜なの団欒が、忘れ難く、またとないように懐しまれるのも、それが冬営中だったと思ってみるからにちがいない。

「幸子、お父ちゃんの机の上から、ゲエテ全集を持ってお出で。」

そう言うと、幸子は心得て、茶褐色の表紙をしたゲエテ全集を抱えて来るのだった。飯を食ったあとでは、自身でからだを動かすのが億劫なもんだから、僕はいつも幸子を使う。

「ゲエテ全集なんて、デブチンの本だなア。」

と言って幸子は笑う。

その七八百頁もある大冊は、手に余るので、茶餉台の上に置いて、僕は読み耽った。膝は火鉢に向け、顔だけねじ向けて、不精な恰好で読むのだった。僕は一年の勉強として、ゲエテを読み上げようとしているのだった。

「夕食後、風呂へ行った。風呂へ入りながら、突如、ゲエテを読破しようと思い立った。これまで兎角《とかく》小作家に心を惹かれて来た自分にも、遂にゲエテと取組みたいと思う気持が動いて来たのだ。ゲエテの階段が昇りたくなった。人類最高のものに昇ってゆきたい気持が現われて来たのだ。」

と、或る日の日記に、僕は書き附けている。

そう思うと、矢も楯も堪らず、手初めに、「ヘルマンとドロテア」の恋物語を読んだ。つづいて「西東詩集」を読んだ。それから「伊太利紀行」に進んで行った。

「お父さん、ゲエテ全集なんて、あと何冊読めば、おしまいになるの?」

あとからあとから、同じようなゲエテ全集を買って来てひろげるものだから、恭子は不審がった。

「さア、全部で二十冊くらい読まなくちゃならんだろ。」

「大変だわね。」

「ああ。大変だよ。今晩からまた新しいのにかかるんだ。これから七百頁読むのか、やれやれ。」

頁をめくるとうんざりした。ゲエテ全集も、しまいには居眠りを誘って、僕は不覚にも、火鉢の縁に眠りかかることも珍らしくなかった。火鉢の中に垂れ込んだ指先が、熱く焼けた五徳にひっかかる度に、びくっとして手を引き、薄眼を開けながら、また眠りに沈むのであった。

事情あって、妻が居ないので、僕は妹の仙子を相手に、世帯を営んでいる。子供達には、仙子が母親代りである。去年の秋から引き受けた組長の仕事を切り盛りして来たのも、仙子であった。

「血液型の検査を言って来てあるわ。うちはどうする?」

「この際、みんなうけとくといい。」

僕は夢うつつに決裁を与えながら、ふと気が附いて眼を醒ますのであった。そして、照臭そうに、「ああ、眠りよった。」と、田舎訛りで独りごちながら眼をこすり、気持を革《あらた》めてまたゲエテ全集に食いつくのであった。

仙子は、隣組の書類で一杯になった風呂敷包みを手許に、ゲエテ全集の向うで、翌《あく》る朝廻す回覧板に書き入れをしたり、配給登録票に印を捺したりしているのである。

「血液型の検査って、どうするの。」

女学校の入学試験を三月に控え、五年生の時に習った本なども引っ張り出して毎晩読み返したりしている恭子は、血液型の検査などと言うと、もう聞き脱《のが》さないのであった。

「耳たぶから血を取って、それで検《しら》べるんだろ。」

「嫌やだなア。」と気の小さい恭子は顔を顰《しか》めた。

「耳たぶから取った血を、A型とB型と二通りの血の種板に混ぜてみて、その固まり工合によって、A型、B型、AB型、O型と決めるらしいわ。そして、一番多いのが

A型で、これが四十パアセント、O型が三十パアセント、B型が二十パアセント、AB型が十パアセントとなるらしいわ。」と仙子が附け加えて説明をした。

「いやに詳しいなア。」と僕は笑った。

「この間、町内会の事務所で群長が集ったでしょう、あの時指導員の人が話したわ。」

と仙子も笑った。

「道理で。」と僕が猶も笑っていると、

「空襲必至だから、みんなこの際、是非検査を受けるようにって話だわ。それから、空襲を受けた時の骨折は、粉砕骨折と言ったか知ら、なんでも普通に唯折れるのと違って、粉々になる骨折が多くって、痛さも激しいから、痛さを止めるために、副木《そえぎ》も是非準備しておくようにってことだったわ。」

と、仙子は真剣な顔になって言った。

「そうか。」と僕は今は笑わなかったが、今度は話が逸《そ》れた。

「副木は痛さを止めるものなのか。僕はまた、折れた骨を支えるためなのかと思っていた。」

「支えて、痛さを止めるものらしいわ。」

全集から眼を放し、仙子も印を捺す手を休めて、そんなことを話し合っているのだった。

「じゃア、支えて、同時に、痛さを止めるんだね。」

「折れた骨がガクガクすると痛いから、ガクガクしないように副木を当てて、痛さを止めるんだわ。」

「そんなら、副木を当てる目的は痛さを止めるにあるんだね。僕の思っていたのは、ガクガクしないように副木を当てた結果として痛さも止まるんで、――つまり、副木の主目的は骨を支えるにあって、痛さを止める止めないは二の次ぎのこととばかり思っていたんだ。」

「そうじゃ、ないわ。痛くなくするためには骨を支えなくちゃならぬから、それで副木を当てるんだわ。」

「じゃア、やっぱり痛さを止めるのが主目的なんだね。果してそれに間違いないかなア、僕にはどうも、骨がバラバラにならないように支えるのが、副木を当てる目的のような気がするんだ。」

「骨がバラバラになると痛いから、バラバラになって痛まないように副木を当てるんだわ。指導員の人が、そう言ってたんだもの。」

「副木には、痛さなんて、計算に入れてないと思うなア。」

いつか僕はゲエテ全集から眼を放し、仙子は仙子で印を捺すことも何も忘れ、そんな風に果てしない話を縺《もつ》らしてゆくこともあるのであった。

結局、僕達兄妹の縺れを断つためには、幸子の澄んだ声に勝るものはなかった。

「叔母ちゃん、幸子ちゃんにも、救急袋作ってね。」と、その時幸子が仙子の方に首を傾げながら嘆願するのだった。子供達は毎朝学校へ行くのに、防空頭巾を被り、救急袋を肩に掛けて、出かけねばならぬのだった。

「用事を片附けてから、作ってあげるからね。」

と答えながら、仙子はふと我に返って仕事にかかるのだった。

「それから、メンソレやマアキュロなんかも買ってねえ。」

「ええ。」

「マアキュロって、なんだい。」と僕が口を挿《はさ》むと、

「赤チンのことだわ。」と恭子が応答した。

「それから、三角巾も油紙もね。」と幸子は仙子の方に首を傾げながら言った。

「油紙なら、本を包んであったのが、本立の上に載っけてあるよ。幸子、取っていらっしゃい。」

「はーい。」

幸子は弾みながら隣の部屋に立って油紙を持って来た。その時分には、僕ももう、副木のことから起った縺れなんかすっかり忘れてしまって、ゲエテ全集の上にまた眼を注いでいるのだった。

幸子の救急袋は、一晩で出来上った。花模様の地に赤十字を縫いつけると、それで

意匠も完成した。出来上った時には幸子はもう蒲団を敷いて寝ていたので、仙子はその救急袋を、紺絣のモンペの上に重ねて、幸子の枕許に置いた。

救急袋が出来ると、幸子は暫く膚身《はだみ》を離さなかった。食事の時にも肩に掛けたままだった。夕食の後には極まって、メンソレエタムやマアキュロなんかを茶餉台の上に並べ、三角巾や油紙をひろげたり畳んだりするのだった。

「あんまりいじくると黴菌《ばいきん》がつくから、蔵《しま》っときな。」と僕がたしなめれば、仙子もその次ぎには同じようにたしなめねばならなかった。

救急袋を蔵うと、幸子はまた例によって、おままごとの道具を茶餉台の上に持ち出し、人形の衣裳替えなどに熱中したりするのだった。一体この子は、学校の学科と言えば工作だけが優で、そのたった一つの優を守ろうとするかの如く、また唯一の特技を伸ばそうとするかの如く、千代紙や色紙をもって、切紙細工や折紙細工などを始めると、如何にも楽しそうで、倦むことを知らないのであった。これもまた毎晩のことであった。

「遊び事ばっかりしないで、少し勉強しなさい。見てあげるから、本を持ってお出で。」

僕が子供の勉強を見てやるのは、時たま、寛いで、気持が向いた時に限っていた。その他の時には、面倒臭いので、滅多に見てやらないのであった。

勉強を見てやると言うと、幸子は打って変って沈鬱な様子に顔が曇るのだった。不安と緊張で落着きを喪《うしな》うらしく、本を読ませれば、読みながらペエジをいじくる。書取をさせれば、尻でもむず痒いように焦って来る。人形や色紙などを前に無心に遊び呆けていた時の楽しげな面影は、跡形もない。殊に書取が不得手で、からっきし出来なかったり、前の晩教えたばかりのところを忘れたりしていると、僕は神経を昂ぶらせ声を荒らげながら、「こんなやさしい字が書けないのか。」「学校へ行って何してるんだ。」などと、世の親らしく責めつけ、時には情無くなって、「頭の悪い者は仕方がないなア。」と泣き言めいたことを言ったりするものだから、幸子は忽ち、洟《はな》を啜り涙を溜めて来て、もう一字も書けなくなるのだった。それを見ると、僕は変にむしゃくしゃして、却《かえっ》て邪樫《じゃけん》にせねばいられなくなるのだった。

「じゃア、今夜はこれで打切りだ。もう寝な寝な。」

そう言って、僕はまだ宵ながら、まるで追い立てるように幸子を寝床に入れるのだった。

その代り、勉強がうまくいったりした後では、僕も上機嫌で、「それだけ出来れば上等だ。」などと煽《おだ》ててやり、果ては、「さアこれから、ふりかけでも作ろうか。」と幸子の気を惹いたりするのだった。すると、幸子より先に、横合いから乗りかかって来るのが、恭子だった。

「うん、作ろう。」と、間髪を容れず、恭子は小さな茶餉台の向うで顔をあげる。

「うん、作ろう作ろう。」と、幸子も小躍りしながら、ランドセルの始末にかかる。

「恭子は勉強していなさい。」と僕が思慮深く抑えてみても恭子は聞かない。

「だって、ふりかけ作りたくって仕様がないんだもの。」と駄々を捏《こ》ねる。仙子が婦人会から頼まれて、果物袋を六百枚貼らねばならなかった時には、恭子は勉強ほったらかしで二百枚貼り、もっと貼りたいらしいのを、僕は叱って制したのであった。

「試験に通らなくても知らないよ。」

「大体今夜の勉強は済んだんだもの。」

そう言いながら、恭子は早や台所へ立って、擂鉢《すりばち》や擂粉木《すりこぎ》や俎《まないた》や庖丁などを持ち出し、「幸子、縁側へ行って、蜜柑の皮の乾したの、取っていらっしゃい。」と命令したりするものだから、僕も今は為すがままに任せるより仕方はなかった。

子供達は、ふりかけを作るのを喜んだ。ふりかけを作ると言えば、飛び立つような喜びを示した。魚を食べた晩には、頭も骨も疎《おろ》そかにせず、丹念に取って置きながら、

「お父ちゃん、今夜これでふりかけ作ろうね。」と幸子は僕の顔を覗うのであった。

「ああ。」と、僕が気乗りのしない生返事であしらっておくと、子供達は自分達で、魚の頭や骨を炙り、擂鉢にかけていくばくかのふりかけを作るのであった。魚の骨は、火鉢の上にかかり、シュウシュウと脂を噴きながら、こんがりと焦《こ》げた。

「今よそのひとが入って来て、この骨の焼ける音を聞き、匂いだけを嗅いだなら、この家では、どんな御馳走が出来るんだろうと驚くだろうね。」と、僕はそれを見て

笑うのであった。

「それこそ、たいした魚が焼けてると思うでしょうよ。」と、仙子も足袋底を繕いながら笑った。

「魚の骨だと判ったら、二度びっくりだろうね。」

が、そう言って笑ったりしているうちに、僕もいつの間にかおちょっかいを出して、金網の上の骨を返したりしているのだった。「ああ、くたびれた。」と言いながら恭子が擂粉木持つ手を休めているのを見ると、「どりゃ、一寸《ちょっと》お父さんに貸して。」と擂粉木を取って、自分で擂ってみるのであった。しまいには、僕自身それに熱中して、子供達の仲間に入り、時には首唱してふりかけ作りをはじめ、率先してすべてを宰領するのであった。

蜜柑の皮は、牛乳鍋で炙ると、時ならぬ薫香《くんこう》で部屋の中を満たすのであった。

「ああ、好い匂いだ。」と、最初のうちこそ僕も鼻を鳴らしているが、二度三度鍋の中の蜜柑の皮を取り替え、擂鉢の底に琥珀色の粉が溜るにつれて、もう鼻を鳴らす必要はない。鼻の先にも、唇の端にも、着物にも、手にも、膝にも、全身、柑橘類特有の芳しい匂いが染みついて、こそいでも洗っても、朝になっても、まだ取れないのであった。

その、蜜柑の皮を牛乳鍋で炙るのが、僕の仕事であった。炙るために、天日に乾しただけの皮を俎の上で細かく刻むのは仙子の仕事であった。炙ったのを、擂鉢で擂るのが恭子の仕事であった。粉になった、鉢の底に溜る蜜柑の皮は、その匂いもさることながら、眼も醒めるような明るい琥珀色で、それを幸子が匙で掬《すく》っては瓶に移しているのを見ると、サラサラと光って、魔法で黄金《こがね》の粉を量っているのではないかと思われるほどだった。剝《む》き捨てられていた蜜柑の皮からこんな美しさが輝き出るとは、夢にも思えなかった。

「ああ、きれいだなア。」と、僕は幾度感嘆しながら、魅入られたように、それに見入ったか知れなかった。山なす粉を、一升二升と量ってみたかった。

「あッ、少し焦したな。」

うっかりしていて、鍋の中を交ぜるのを怠るのも、そんな時であった。すると、それは敏感にひびいて、琥珀色の粉は焦茶色に強まって、作り出されるのだった。

恭子は擂鉢を膝に載せ、顔を歪めながら擂っているが、腕が痛んで来ると、あとを仙子が引き受け、次ぎは僕の番となるのだが、一番根気のないのが僕で、直ぐ擂粉木が重く、腕が痺れて来るのであった。

「腕を無理すると、あとで仕事が出来ないからなア。」と半ば冗談に、半ば本気に言いながら、僕は一頻《ひとしき》り擂ると、また恭子に引き継ぐのであった。

或る晩、僕は近所の風呂から帰って来た。今はもう石鹸がなくとも一向恥しくないので、いつも手拭一つぶら下げて、風呂に行って来るのだったが、何気なく玄関の戸を開けて入った途端、忽ち鼻を衝いたのは、蜜柑の皮の焦げる匂いであった。それは、温く、芳しく、玄関の中にまで充満して来ているのだった。それは一瞬に、人を幸福で満すような匂いだった。小さな陋屋《ろうおく》も、そのために、今は裕《ゆた》かに感ぜられるほどであった。

「今晩もまたやってるな。」と、愉しく微笑しながら座敷に上って、茶の間の襖を明けると、そこでは、蜜柑の皮の匂いは一段と温く、一段と芳しく、殆ど噎《む》せ返らんばかりであった。そして、妹と二人の子供達は、三人が頭を寄せ合って、例の琥珀色の粉を揺り出しては、瓶の中に溜めているのだった。彼等の姿は、如何にも和やかに、如何にも楽しげに、我を忘れているような風情に見えた。僕は傍に突立ったまま、その場の光景を見下ろしながら、言った。

「何遍嗅いでも好い匂いだ。そして好い色だ。食べてしまうのは惜しいなあア。」

「これだけあっても、二三日で直ぐなくなってしまうわ。」仙子は一杯になりかけた瓶を示しながら、現実的だった。

青海苔があれば、青海苔も炙って粉にし、最後に食塩を煎って交ぜると、それで、自家製のふりかけは出来上るのだった。

「早く朝になればいいなア。」と言うのは幸子であった。

「食べたくて食べたくて。」と瓶を放さないで匙で交ぜるのが、恭子だった。

子供達は、ふりかけを作った晩は、翌る朝が楽しみで、ぐずり屋の幸子もぐずぐず言わないで、さっさと冷い寝床に潜り込むのであった。

恭子は、寝る前、必ず真っ裸になって、タオルで乾布摩擦をするのを怠らなかった。朝も起き抜けに擦った。膚はまっ赤になった。この子は、毎年冬になると、皮角疹とか言って膚が荒れるので、それが入学試験の障りになりやしないかと、本人も、父親である僕も、受持の女先生も心を痛めているのだった。恭子が乾布摩擦を励行するのもその為めであった。

「毎晩風呂に行くといい。そして帰ったら、ワセリンでもクリイムでも擂《す》り込むといい。」

と言って、僕は出来るだけ度々風呂に行かせた。帰って来ると、恭子はせっせと、クリイムを塗った。背中や腕の裏や、手の届かないところには、僕が手伝った。

「あ、痛いわ。」

僕が少しでも利かそうと、力任せに擂り込むものだから、恭子は痛がった。身を引くほどであった。

「あのね、大内先生が、うちに電気按摩の機械があるから、それをかけて上げるから、よかったら毎日放課後にいらっしゃいと言ってるんだけど。」と、或る晩恭子は乾布摩擦をしながら相談するのであった。

「そうか。」そう言って、僕は深く胸の中で感動した。それが受持教師の分《ぶん》を踰《こ》えたものであるかどうかは知らない。少くとも、受持教師というものの無私な献身であることに間違いはなかった。僕は何か有難い気持に触れた思いで、暫くその思いに耽っていた。

「しかし、そんなことまでしてもらうことは出来ないなア。とにかく、今度の日曜に大学病院に連れてってあげるよ。何か手当の方法があるだろ。」

子供達が寝静まったあと、僕は一人で消え残った火鉢を抱え、それからを自分の本当の時間にして机に向うのであった。

寝る前には僕は僕で、毎晩必ず体操をするのであった。いつからか、寒さが募るにつれて、それが習慣になってしまった。学生時代に習った徒手体操と、国民体操をごっちゃにした出鱈目の体操なんだが、寒さと不精っ気を払うには十分であった。肩や腰の筋肉や骨が、グッグッと鳴るのが、何とも言えず気持が好かった。

「お父さん、まだ起きてたの?」

と、そこへ恭子が起きて、はばかりに立つこともあった。安普請の家は、深夜に力を籠《こ》めて体操をすると、家鳴りがして、恭子は始終眼を醒すのであった。

その時、遠くで哨戒機の音の聞える夜もあった。

清福

私は、この頃二三の若い画家と識合《しりあ》いになった。

その中の一人木下君は、もと雑誌社に勤めていて、私の家に出入りしているうちに親しくなり、雑誌社をやめてからも度々見えるようになった。鬚《ひげ》の荒い逞しい人物で、いつか風呂敷に包んだ額を持って来て、「今日は、或る喫茶店へ絵を売りに行ったんですが、駄目でした。」と云って取り出すのを見ると、頭蓋骨の絵であった。目穴の空ろになった頭蓋骨が三つ、一つは正面を向き、他の二つはそれぞれ左右に向いている。

「喫茶店に頭蓋骨の絵では、売れる筈がありませんよ。絵の好し悪しは別として、喫茶店には、やっぱり花だとか少女の絵でなくちゃあ駄目ですよ。」と云って私は笑った。

中支へ戦争に行っていて、戦地で描いたものらしく、描いた時には、頭蓋骨の中にはまだ生々しい脳味噌がすっぱい匂いを放っていたということである。木下君には自信のある絵らしかった。戦地にいた時も帰還してからも、木下君は靴の絵ばかり描いているということである。皮革の靴に非常に魅力を感ずるのだそうである。しかも描くのは片一方きりで、一足揃えて描くことはないのだそうである。

木下君は、母弟妹の四人で或るアパートの一室に同居しているので、画架を立てるところもなく、皆が寝静まってからやっと描くのだそうである。この頃は、兎の皮の剝《む》き立ての紅い光沢に心を惹かれ、それを釘にぶら下げておいて、一生懸命写生しているということであった。隣の家で殺した家兎で、お母さんが貰って来たものだそうである。木下君は小さな会派に属していて、展覧会の度に招待券を送って来るが、私は忙しくて、まだ一度も行ってみたことがない。

もう一人の田岡君は、神戸に住んでいて、私はまだ会ってないのだが、時折鯣《するめ》だとか燻製の鰊《にしん》だとかハムだとかを、私に送ってくれる。田岡君と識合いになった動機は、ちょっと面白い。もう二十数年も前に亡くなった私の弟と、郷里の農業学校で同級だったというのである。この弟のことを書いた私の小説を読んで、私をその兄として、文通が始まったのである。私の弟は、中学校へ行っていて仕様がなくなり、中学をやめさせて農業学校へやったのだが、田岡君の手紙によると、農業学校では数学と漢文とが頭抜けていて、教師も舌を巻いていたそうである。神経の太い茫洋《ぼうよう》とした性格は、田岡君の手紙に書いて来た通りであった。私は、田岡君の手紙を読んで、二十数年前に亡くなった弟の友達だということで、ひどく懐かしかった。弟が洋服屋の二階に下宿していて息を引き取った時のことも、田岡君は知っているのである。私はこの時くらい、自分が小説書きであることを冥利に思ったことはなかった。もう誰もそんな存在すら知らぬ弟を再び世に出し、それが縁となって弟を知る人に廻《めぐ》り合うことが出来たのである。私は、幾分でも弟の霊に応えることが出来たといえよう。

この田岡君が画家だったのである。最初は何をしている人か判らないでいたが、いつか来た色刷りの絵葉書を見ると、「京城風景」という自作の絵なので、驚いた。時計塔のある異国風な絵であった。農業学校出の画家とは風変りである。或る大きな美術団体に属していて、相当に描ける画家らしく思われた。私が酒を呑むことを知っていて、今度上京する時は灘の生一本を持って参りましょうかと云う手紙もくれている。その時は、改めてまた弟のことを語り合うことであろう。

私がこの小説の主人公としようとする香川君と識合ったのは、昭和十七年頃であったろうか。私が「流寓記」という短篇集を出した頃のことである。それから六七年になるが、会ったのは極《ご》く最近のことである。香川君は、最初から一度私に会いたいと云って来ていた。しかし、私は初対面の人には心が臆する性なので、それきり知らぬ顔してほったらかしてあったのだが、最近になって急に会いたくなって、私の方から出かけて、会って来たのである。

香川君は、新聞広告で私の「流寓記」という本の出版を知り、その中に収められた「流寓記」を初め、「病める魂」「貧窮問答」「侘日記」などの目次内容を目にすると、矢も楯も堪らず、「流寓記」が読みたくなったというのである。東京都内の本屋を駆けずり廻って探したが、どこにも見当らない。出版元まで出かけて行って漸く手に入れ、貪るように読んでみると、自分が求めていた通りのことが書かれていたのだそうである。手紙によると、その当時、香川君は胸の悪い細君を或るカソリック病院のサナトリウムに入れていて、身は貧窮のどん底にあって、或る薬屋の広告絵を描きながら、画道に精進していたのであった。それだから、私の作品がぴったり来たというのだった。私は慰めと激励の返事を書いて、ロマン・ローランの「ミレー」を読むように勧めた。次に来た手紙には、病妻が亡くなり、危篤の電報を持って病院に駆けつけた時、折柄の月夜で、路傍の風景が実に鮮明に目に映ったことが書かれていた。そして、その夜は亀戸《かめいど》の魔窟に一夜を明かし、死んだようになって痴《し》れ伏したことも書かれていた。香川君の細君の入院していたカソリック病院というのは、同じ時分私の妻が入院していた精神病院のすぐ隣で、後になって、私の妻もまたその病院の精神病科の一室に入院することになったのは、奇しきことであった。

それ以来、激しい戦争が挟まって、香川君の消息は杳《よう》として知られなかった。ところが、昨年の暮になって、突然香川君の手紙に接し、封を開いてみると、一葉の絵葉書が入っていた。香川君の属する或る新進画派の展覧会に出品した「自画像」と題する作品であった。経木《きょうぎ》の夏帽を冠り、青白の縞になったダブダブの半袖のシャツを着て、パレットを持って立っている絵である。口をきっと結んで、長めな顔を硬張らせているような表情であった。私は、香川君という人はこういう人なのかなと見入りながら、自分の想像以上によく描けているのに感心した。手紙を読むと、この頃は生活も安定し、手狭ながら画室も持って、よい画友にも恵まれ、W画伯に師事しながら、ここまで漕ぎつけることが出来たという生き生きとした文面であった。いつか私の云ってやったロマン・ローランの「ミレー」も、最近になってやっとW先生から借りて読んだとあった。私は、暗い窮境を切り抜けて明るい世界に出て行った香川君を目の前に見る思いで、早速喜びの返事を書いた。しかし、その時も、私は訪ねて来いとは書かなかった。

それから、今年の五月になって、香川君から再び手紙が来た。今度も絵葉書が封入してあったが、一目見て、前の「自画像」より格段の進歩を示すものであった。二つくらいの可愛らしい男の子が、白無垢のような着物を着膨《きぶく》れて、玩具を前に、黒い目をパッチリと開いて、枯れ草の上に坐っている。私は、岸田劉生の絵を直ぐ思い出した。背景は様式的に描かれ、小さな水溜りが光っていて、それには枯木の影が映っている。「早春」と題してあった。手紙によると、終戦の年に再婚し、その間に出来た子供であるとしてあった。描きあげるまでに五ヶ月を費し、その間子供を傍に遊ばせたり、寝顔を見詰めたりして描き上げたということであった。

私は、よき妻を得、愛らしき子供を儲けて、勤めの傍ら絵に打ち込んでいる香川君の幸福そうな姿を想像して、その過去が過去だけに、何んとも云えない好い気持だった。家は、井の頭の池に面した崖の上にある離れの一室で、戦争の際近くに落ちた爆弾の震動で傾きかかっているのが、桜の木によって支えられていて、それを目当てに訪ねて来て下されば直ぐ分ると書かれてあった。その一室に、親子三人が寝起きしていて、絵を描く時は、積み重ねた蒲団にカンヴァスを凭《もた》せ掛けてやる。勤めが忙しくて、勤めから帰って夜描くのだが、しかし、そのために生活の安定が得られて、売り絵を描かずにすむのを、香川君は誇りとしているようであった。

それ以来、香川君の幸福そうな家庭生活、清貧に甘んじながら芸術に生きている姿が、私の頭から消えなくなった。というよりも、香川君のそういう美しい生活が、だんだん大きく私の頭を占めるようになった。私は、香川君の生活を一目見たい誘惑に駆られはじめた。遂に私はその誘惑に勝てなくなって、香川君の家へ出かけて行ったのである。

それは或る夕方であった。私は、仕事部屋を借りている旅館で夕食を済ませると、飄然《ひょうぜん》として井の頭に向って行った。番地も何も分らず、目当てとするところは、桜の木に支えられた倒れかけた家であった。もう辺りは暗くなりかけていて、日照り続きの道はポクポクと埃立っていた。私は、暗い木立の下蔭を潜りながら、尋ねる家を見廻して行った。しかし、そんな家はどこにも見当らなかった。私は、半ば諦めて池の周りを歩き、中ノ橋を渡って、夕暮れた水面にボートが漕ぎ群れているのを眺めたりして、帰りかけていた。しかし、シャツ一枚になって散歩に出て来る人や、同じ姿で帰って行く人を見る度に、そのうちのどれかが香川君ではないかと思って、立ち停ったりした。そして、念のために、もう一ぺん当ってみようと思いながら崖の下の方に歩き、夕空を透かして、崖の上の家並みを見上げていると、或る家と家との間に挟まれて、桜の木と覚しきものが、頭を出しているのが目についた。かなり年を経た木のようであったが、枝が下ろされているのか、ザンギリ頭のような葉をつけていて、そのある場所といい、木の姿といい、紛《まご》うかたなく尋ねる桜の木に間違いなさそうであった。私は思わず胸が躍った。

私は、崖を上って行った。道という程のものはなく、草の中に踏み擦れた道のようなものが出来ていて、それを駆け上ったのである。取っつきの家で、明るく灯をともして台所仕事をしていたおかみさんを摑まえ、「このあたりに、香川さんという家はないでしょうか。」と尋ねると、人の好いおかみさんはわざわざ出て来て、「香川さんなら、すぐそこの突き当りの家ですよ。」と、親切に教えてくれた。私は、いよいよ来たなと気を張りながら、突き当りの家へ歩いて行った。

教えられて行った家は、奥の茶の間の方に灯が点いていて、こちらの部屋は暗く、丁度、細君と思われる細っそりしたからだつきの人が、雨戸を閉めようとするところだった。私はその前に行って、訪なった。

「香川さんのお宅は、こちらでしょうか。」

「ええ、香川ですけれど、どなたさまでございましょうか。」と、その女の人は雨戸をさしかけて聞き返した。

「僕、武智ですが、武智養一ですが。」

そう云うと、細君は茶の間に向いて、会釈した。むき出しの肘をチラチラさせて茶の間に坐っていた人が、背中に光を受けて立って来て、「僕、香川ですが、恰度《ちょうど》食事をしていましたところで。」と、口を拭きながら云った。

「僕、武智ですが。井の頭まで散歩に来て、あなたに急に会いたくなったものですから。」と、私は少し誤魔化して言った。正直に言うのは、照れ臭かった。

「よくお出で下さいました。まア一寸《ちょっと》お上りになって下さいませんか。」と、香川君は細君共々招じ上げようとするのだったが、私は「一寸お寄りしただけのことですから。」と遠慮して、そこに立っていた。その時、私は細君に改めて挨拶した。

「主人からお噂はよくお聞きしていました。いつもお世話様になりまして。」と細君は、羞《はに》かみながら、柔らかな微笑を浮べてお辞儀をした。

やがて、私は香川君の後について、離れになった画室へ案内されて行った。板戸を開けて入ると、土間になっていて、そこから畳の擦り切れた座敷に通された。畳の上には、まくれ上った毛布が敷いてあって、その上に絵具やパレットや油の入った瓶などが載っかっていて、画集や美術書なども積み重ねてあり、雑然紛然とした部屋の有様に、私は一瞬たじろいだ。絵具の匂いなどもまじって、締め切った部屋の中はムッとする熱気だった。

「ここはこれで、この戸を開けるととても涼しいんですよ。」と云いながら、香川君は池の方に向いた窓の戸を開けた。窓の外は、真っ暗で、木立も池も見えなかったが、なる程池の面を吹いてくるらしい涼しい風が流れ込むのであった。

私は明るい灯の下で、初めて香川君の姿をはっきり見ることが出来た。シャツを軽く着て、ズボンをはいていたが、顔は陰影のある智的な感じで、縮れた髪を撫でつけ、芸術家というよりも、頭の良さを現わすような人に見えた。華奢な体つきで、全体の感じは筋張っていたが、そこに或る意力的な強さが感じられた。正面の壁には、絵葉書で見覚えのある「自画像」が懸《かか》っていた。今度の秋の展覧会に出すという大作が、書きかけのまま立ててあった。それは麦藁帽を被ったお爺さんに、例の子供が抱っこして、赤い苺を持っている図であった。二三日前から描きはじめたという半身の自画像もあったが、「早春」の絵は見えなかった。大阪の展覧会に出してあるということだった。

「自画像で想像していたあなたと本当のあなたと、感じが違いますね。」と私は云った。

「そうでしょうか。」

「本当のあなたの顔は立体的で、自画像の顔より立派ですよ。自画像の方は何んだか少しのっぺりしていて……」

「立派かどうかは知りませんが、顔は立派になりたいと思いますよ。誰でも精神が向上するにつれて、顔も必然に立派になって来るはずのものですから。」

そこへ細君が煙草を持って来たのを摑まえて、香川君は、「あれ持って来い、今飲んでいたやつを。」と、云いつけた。やがて、細君はアルコール焼酎と覚しき瓶にトマトを添えて運んで来た。それを、私達は茶碗で飲んだ。一寸ブランデーに似て、それよりも味が柔らかく、非常に口当りのいいものであった。

香川君は今も昔の製薬会社に勤めていて、その製薬会社で広告係をしているのだが、上役や同僚の理解によって、最近では一月近くも社を休んで、今描きつつある絵に没頭していたということなどを話した。

「あの子供さんを抱っこしているお爺さんは、この近所のお百姓さんですか。」と、私はその爺さんの皺《しわ》の寄った顔や首筋や、節くれだった手指などを見ながら尋ねた。

「あれは女房の親父ですよ。」と香川君は云った。香川君の語るところによると、もとは牛込の方で相当な料理屋を営んでいたのであるが、戦災に会って、香川君の住んでいる家を含む家作のある井の頭に来て、悠々自適の生活を営んでいるのだという。住居は一軒おいた隣にあって、香川君のモデルに立ちはじめてからは、「まだやらないのか。」などと、お爺さんの方から催促して来るほどの熱心さだそうである。料理に就いては一家の見を持ち、料理に腕を振うのは得意だが、料理以外のことは何も出来ないのだそうである。

私は、香川君から、その絵をどう思うかと批評を求められた。しかし、出来上っているのはお爺さんだけで、他はまだ描きかけなのだから、立ち入ったことを言うのは差し控えることにした。私自身、小説を書いていて、書きかけの原稿をひとに見せて何か云われると、気が挫けたり気が変ったりして、後が余りよくないことを知っていたので、香川君のためにもそれを慮《おもんぱか》ったのであった。ただ私は、子供を抱っこしたおじいさんの腕に血管が浮き上っているのを見て、楠公《なんこう》の銅像の馬に血管が浮き上っているリアリズムに対比して云った。

私は、仕事場でやりかけてある仕事のことを云ったり、余り遅くなるといけないかと云って時計を見たりしながらも、いつの間にかビール瓶一本に入った酒を、大部分一人で平げつつあった。香川君も酒が好きらしく、時々こういう酒を手に入れては、飲んでいるということであった。それは、薬会社で調合したものであることが判った。私は大分酔いが廻って来ていた。

「僕が来たのは意外で、驚いたでしょう。」と、私は無遠慮に云った。

「ええ、全く思いがけありませんでした。」

「僕はこれまで、あなたも知っての通り、あなたから何度手紙を貰っても、遊びに来てくれと書いたことは一度もなかった。僕は会いたくなかったんです。あなたの悩みを聞かされるのが堪らなかったんです。しかし、あなたがいい奥さんを持って、子供さんも出来て、幸福そうに絵を描いていられると知ると、どうしても一ぺん会いたくてならなくなったんです。それで、今は或る旅館で仕事をしてるんですが、急に思い立って来たのです。」と、私は今度は本当のことを言った。

「僕もお会いしたかったのですけれど、武智さんの心を察して遠慮をしていたのです。やはり絵を描いていても判ることですが、人から煩らわされることは堪らない場合がありますからね。」

「しかし、これを機会に僕の家にも尋ねて来て下さい。」と云って、私は家の案内図を認《したた》めて渡した。

それから私は、桜の木に倚《よ》っかかった家を目当てに尋ねて来たことを、笑いながら話した。すると、香川君は座敷を示しながら、「この座敷は、向うに行くほど傾斜しているでしょう。そうして、桜の木は、この床の下に根を持っているのですが、この家がこれ以上倒れないのは、桜の木のお蔭ですよ。」と云って笑った。

「いや、桜の木に倚っかかった家というのが、いいんですよ。」と云って、私は面白がった。

やがて、酒を飲みあけた私は、それをしおに、「駅の近くへ行って冷たいものでも飲みましょう。」と、香川君を誘った。

「僕は、今云った薬会社でも古顔の方でしてねえ、アルバジールでも何でも、御入用の薬がありましたら、云って下されば、いつでもお届けいたしますよ。」と、香川君は立ちかけながら云った。

「そうですか、それなら一つ欲しい薬があるんですが……。」

「何でしょうか。」

「実は、田舎に預けてある娘から送ってくれと云って来てるんですが、この娘が鮫膚《さめはだ》でしてね、鳩麦か、グリセリンと何とかを調合した軟膏が欲しいと言うんです。」

「そうですか、皮膚にすり込む薬なら何でもいいわけでしょうね。」

「ええ、何でもいいわけでしょう。鮫膚ですからね、どんな薬をつけたって、そうよくなることはないでしょうが、まあ気休めですよ。」

「お嬢さんはおいくつですか。」

「十七で、女学校の四年生なんですが、そろそろ自分の膚を気にするようになったと見えますよ。」と云って、私は笑った。

私達は、連れ立ってアトリエを出た。庭には細君が子供を抱いて立っていた。座敷を見ると、今さき話したお爺さんが浴衣がけで坐っていた。私は、そのお爺さんにも挨拶した。酔っ払った勢で、「僕も去年女房を失いましてね、一人者ですよ。」と、余計な事を云ってお爺さんに別れた。お爺さんは、「それはどうも。」と、気の毒そうに頭を下げた。子供は、片頬にえくぼの深い、色の白い、可愛い子供であった。私はそのえくぼの辺りを指先で突っついて、「さようなら。」と云った。子供は痛そうに仰向いて、しかめっ面をした。

「じゃア、お邪魔致しました。」

「お構いも致しませんで……。またどうぞいらして下さいまし。」

私は、細君に慇懃《いんぎん》に送られて、香川君の家を後にした。

私達は、吉祥寺駅前のマーケットの中にある喫茶店に入って、冷たいコーヒを註文した。

「今夜は大変印象の深い晩でした。」と私は云った。

「何だかいつまでもお別れしたくないような気持です。」と、香川君は、やや感傷的に云った。

「あなたもいい奥さんをお持ちになって、心置きなく仕事が出来ていいですね。」

「ええ、あいつは何も彼《か》もよく判っていてくれましてね。貧乏にも不自由にも堪えていてくれますよ。」

「どうした御縁で一緒になったんですか。」

「これも空襲がとり持つ縁でしてね。東京が焼けてから、僕も女房の家も甲府に疎開していましてね、そこで又焼かれましてね、笛吹《ふえふき》川の方へ逃げて行って、そこで偶然落ち合って、まア、云ってみれば、出来合ったんです。」と云って、香川君は笑った。

「そりゃ、天から授かった奥さんのようなものですね。仕事は仕事として、奥さんは可愛がって上げなさい。」

「ええ、大事にしています。」

私は、勘定を払う段になって、カステラを二個、紙袋に入れて貰った。

「子供さんに上げて下さい。」そう云って、私は紙袋を香川君に渡した。

直ぐそこの吉祥寺駅まで一緒に歩いて、私達はそこで別れた。私は改札口を入って、切符に鋏《はさみ》を入れてもらうと、後を振り返えり、一段高い声で、「香川浩君、失敬。」と、手を挙げた。香川君は頭を下げた。私は急ぎ足に陸橋の階段を昇って行った。

景色

五月の初めの或る雨あがりの朝であったが、僕は友達と二人で、沼を渡る渡し舟に乗っていた。

その沼は、東京から北へ一時間半ばかり行ったところにある小さな野なかの駅で降りれば、直ぐだった。その沼のほとりには、前、Tさんという有名な作家が住んでいて、Tさんの作品を読んだことのある人は誰でも知っているとおり、秋深い頃の沼の景色などを、見るも鮮やかに、物なつかしい筆致で描いているので、Tさんの作品を愛読していた僕たちは、その沼の名を聞いただけで、なにか郷愁のような気持が湧き起って来て身慄《みぶる》いをするほどだった。それで、友達と二人で、一度その沼を見ておこうではないかと申し合せ、或る日曜日の朝早く東京を立って、その小さな停車場へ降りた。古びた改札口を出ると、葉桜の並木だった。Tさんが東京の友達を送り迎えするたびに、この桜の並木をステッキ振り振り歩いたことであろうなどと話し合いながら、僕たちもその葉桜のトンネルを潜って行った。僕たちは、この田舎の駅に降りるときから、もう既に憑《つか》れてしまったような気持になって、ひどく興奮し、とりとめもないことをべちゃくちゃと喋舌《しゃべ》った。そして、つまらないことまでが何か勿体がかって感ぜられた。たとえばお尻に糞をべっちゃりくっつけて路ばたに立っている牛を見てさえ、感動するのだった。桜並木が突き当ると街道が通っていて、宿屋や飲食店などが少しばかり立ち並んでいた。その街道を、Tさんが近所で買った青首の鴨をぶらさげて歩いたこともあるであろうなどとも話した。――沼はまだ見えなかった。

駄菓子屋のおかみさんからTさんの住んでいた家を聞き、街道を左へ行って、畠路へ下りた。すると突然、森と山岸と畠の緑が目に痛いほど濃く、むうんとする強烈な草いきれと、雨あがりの陽を吸い込んだ地熱のほてりが、僕たちを炎のように包んだ。そうかと思うと、今まっ盛りの菜種の花と蚕豆《そらまめ》の花の匂いが、蒸し暑い風に乗ってむっと匂って来た。それればかりではない、蛙の声が喧しく地を蔽うていた。この突然の野の空気は、都会から来たばかりの僕たちには、後頭部がずん、とするくらい激しかった。田舎からぽっと出の人には都会の刺戟《しげき》は強すぎる。都会の生活に慣れた者にはまた、田舎の生《き》のままの空気は強すぎるのだ。しかし僕たちは、額に脂汗を溜めて歩きながら、Tさんもこういう生のままの空気に触れたくて、田舎に住まわれたんだと合点して、胸の奥深くそこの濃厚な空気を吸い込んだ。

Tさんの住んでいた洋館の屋根が、櫟《くぬぎ》や桜の青葉の茂った林の中へ見えて来た。近づいてみると、青い色の剝げた木造の洋館だった。朽ち腐れた木柵（もとは白く塗ってあったであろう）に摑って暫く立っていたのち、僕たちは壊れかかった門の扉を押して柵のうちへ這入《はい》った。散り敷いた落葉が湿っぽく、靴の下でじくじくした。動かなくなった遊動円木や、柱だけ残った金棒や、梯子段の壊れた辷《すべ》り台などが、茂り放題の雑草の中に埋れていた。みんな、いかにも子供好きのTさんらしい遺物で、Tさんが子供さんたち相手に遊びまわった様子も思い浮べられた。僕たちは家の中を鳥渡《ちょっと》覗いてみようと思って玄関へ進み、そこの扉を押してみたが、錆びた錠が掛っていて開かなかった。玄関脇の窓の硝子が一枚壊れていたから、そこへ寄って行って、うちを覗いて見た。六畳くらいの部屋であろうか、うす暗い、がらんとした床の上には埃が溜っていて、その床板の隙間を狙って、蒼ざめた色をした草の葉が覗いていた。この荒れ果てた部屋の中で、嘗《かっ》ては石油ストーヴの火が燃えていて、Tさんを中心に、Tさんの友達の画家や音楽家や小説家などが集って、団欒《だんらん》したこともあったのだ。また、Tさんが独りでいるときは、所在ないままに寝そべって当てもなく旅行案内をめくっていたこともあったのだ。

「ここから沼が見えるはずだねえ。」と友達が言った。

「うん、見えるはずだ。」

僕たちは家のことにばかり気を取られていて、沼のことを忘れていた。そこで壊れた窓から身を放し、裏手の方へ廻ってみようとした。しかし十歩と歩を移さないうちに、忽ち僕たちの眼は、眩しく照り返す鏡面とぶっつかった。それが沼であった。沼は眼の下にあった。

沼の面に朝の陽が照っているのだ。沼の水はどんよりと濁っているが、朝凪で、漣《さざなみ》一つない滑らかさだ。葭の芽の伸びかけた岸を放れて、沼舟が一艘現われた。商売人みたような男が一人乗っていて、船頭が静に棹をさしている。舟の舳が作る波紋の線が、精巧なカメラに収めた写真のようにはっきり見える。いかにも静かだ。舟いっぱいにきらきらと陽が当っている。――こういう景色を朝夕眺めて暮したTさんの静かな生活を、僕たちはまたいろいろと思いめぐらしてみた。

舟はやがて、左手の方から沼のなかへ岬のように突き出た森かげに隠れてしまった。色の濃い大きな松の生えた森であった。それがTさんの小説にも出て来る大師の森であるらしかった。

「あの森の方へ行ってみようか。」と友達に言った。

「行ってみよう。」

大師の森では、高い松の梢で春蟬がじいじい鳴いていた。首に赤い幟を巻いた石地蔵が並んでいた。僕たちは、冷え冷えした木蔭の草の上に腰をおろして、顔の汗を拭った。そこからも沼の半面が一目だった。岸のあちこちに沼舟が繋いであるのが、蜻蛉が翅《はね》を休めてとまっているようだった。その列を離れて、ついと飛び立って行ったさっきの舟はまだ帰って来ない。渡船場の飛び石のところへ、犬が一匹来て立っている。

「舟に乗ってみようか。」と友達が提議した。

「乗ってみよう。」僕ははね起きた。

Tさんのしたであろうと思われることを、一々してみなくては、Tさんの味《あじわ》った情趣と心境とを完全に理解することが出来ない。僕たちは、一歩一歩Tさんの心の奥深く立ち入って行くような気持で、舟にも乗ってみることに決めた。

僕たちが廻りくねった路を通って渡船場へ降りて行くと、間もなくさっきの舟がかえって来た。僕たちは靴を脱いで、莫蓙《ござ》を敷いてある舟板の上に坐った。

沼には雨後の水があふれていたが、縮緬皺《ちりめんじわ》一つなく、鏝《こて》で塗った壁土のように、重く滑かだった。

「おっさん、いつもこんなに静かかね。」と僕が訊ねた。

「いや、朝のうち一二時間のこってすよ。もうじき風が出ます。」船頭のおっさんは静に水棹《みざお》をさしていた。「お前さんたちが引っ返す時分には、もう波が立ちますよ。」

一日のうち、凪いでいるのは朝のほんの一時間か二時間で、すぐ表情が変ってしまうと聞いて、僕は沼の表情が非常に繊細なのに驚いた。そして沼は、船頭にとっては世界である。だから船頭は、そのセンシブルな沼の表情を、どんな細かいところまでも見究めているらしいのが、その口振りにあらわれていた。

「おじさん、この沼にはヂストマがいるそうじゃないか。」医者を兄に持つ友達が聞いた。

「さあ、いるにはいましょうが――それはどこの沼にもいるでしょう。この沼に限ったことじゃないでしょう。」

この沼のヂストマのことは僕も聞き知っていたが、おっさんは沼を身贔屓《みびいき》にする。

Tさんのいた家が、岡の林のなかに見える。

「Tさんのいた家は、あれだね。」それを知っていながら、僕は指さしておっさんに訊いてみた。

「ええ、そうそう。」おっさんは首をねじ向けて頷いた。

「Tさんはだいぶ長くいたかね。」

「さあ、どれだけいましたかね。――Tさんはだいぶえらい小説書きらしいね。」

「小説の神様だよ。」

そう燥《はしゃ》いで言うと、おっさんは、「なにを言うか！」といった顔つきをして、取り合わない。

舟は大師の森の鼻を廻った
眼前に思いがけなく、雨に洗われた大きな水面が、ひろびろと盛り上るように広がって、遠く霞のなかに消えていた。空は晴れ晴れと浅緑で、遮るものもなく開闊《かいかつ》だった。沼がこんなに大きいとは思わなかった意外さと、胸のすくような眺めに、僕たちは思わず目を瞠《みは》った。

目を瞠ると同時に、僕は「おやッ」と思った。これはたしかに見たことのある景色である。この景色を、僕はもう何遍も見ているではないか。たとえば故郷の川景色を見るように、僕にはもうお馴染みの風景ではないか。初めて見る景色の新鮮さの代りに、手摺れのした懐しさがある。可笑しなことだが、僕は一瞬、自分はここに遊んだことがあったんじゃないかと本気になって考えてみた。勿論そんな馬鹿なことはない。じゃア、いつこの景色を見たんだろうか。若《も》しかしたら、夢のなかで見た景色に出会《でくわ》したんじゃないだろうか。

その時、「はっ」と一つの戦慄が僕の脊《せ》なかを走った。すると僕は、少年時代に犯した小さな犯罪を思い起した。——つまり、その小さな不愉快な思い出の始まった二十年近く前から、僕はいま目の前にある景色を見ているのだ。

子供の頃、一人の中学生が町から来て、僕の村で一と夏を送ったことがあった。宮永さんと言って、眉目秀麗な人であった。眉が濃く、頰が紅く、華奢な肉つきで、脊が高かった。百姓家の離れを借りて呑気に遊んでいたが、村の人たちは肺病だと言って嫌った。子供たちが物珍しそうに宮永さんのところへ遊びに行こうとすると皆が遮った。僕は親の眼を掠めては遊びに行った。僕は宮永さんのふんわりとした人となりが好きだった。

言ってみれば、宮永さんはツルゲエネフとか国木田独歩とかいう本を持っていたようであるし、行李に溢れるほどの雑誌も持っていて、いつも読んでいたので、宮永さんにまつわるそんな詩的な雰囲気が、僕のあこがれを強くそそった。僕は宮永さんのところへ行って、宮永さんと同じように腹這いになって、貸してもらった雑誌を読んだり、宮永さんにくっついて浜へ行き、宮永さんが本を読んだり膝を抱えて海を眺めていたりする間、砂を掘ってみたり軽石を拾ってみたりして時を過すのが、なにより楽しかった。

そのころ僕はまだ文学というものを全然知らず、ただ子供心には、景色を描く水彩画家になりたいものだと一図《いちず》に思っていた。それで展覧会の色刷絵葉書や雑誌の口絵を集めるのが、まるでマニヤのようであった。そういう際であったから、僕は宮永さんの雑誌を見せてもらっているうちに、いよいよその気持を煽り立てられた。宮永さんの雑誌には、僕の欲しいと思う口絵がいくらでもあった。そんな絵は、何度開いて見ても飽きず、いつまで見ていても飽きなかった。僕はまるで憑かれたような気持であった。

そのなかでも、好きで好きで堪らない一枚の水彩画があった。たしか「雨後」という題であった。筆者は、雑誌が古い号なのでその頃はもう亡くなっていたが、明治時代の水彩画の大家であった。その人の描いた絵を一枚欲しい欲しいと思いながら、僕はまだ一枚も手に入れることが出来ないでいた。その人の描いた「雨後」、――想像し得るかぎり最も景色のいい、僕の好きな画面であった。

その画面には、白い薄雲の棚引いた浅緑の空が、麗々《うらうら》と広がっていた。雨後の水のなみなみと溢れた川面に、一艘の渡し舟が点景になっていた。渡し舟の中に、桃色の日傘が一つ交っていたのが、今もありありと目に残っている。その日傘の明るさがいかにも長閑《のどか》であり、子供心にも、日傘の主に漠然とした思慕が湧いた。

これだけの景色でも、少年の夢を満たしてくれるには十分であったが、しかしこれだけの景色では、二十年の後、沼の上を舟で渡りながら、僕の脳裡に遺る瀬ない追憶となって閃くことはなかったであろう。

更にその画面には、右手の方から絵の殆んど中央近くまで、緑の草の生い茂った塘《つつみ》が突き出ていて、その突端に一木《いちぼく》の柳の木が立っていた。ああ、その柳の木！ その柳の木が、いま沼の上を渡って行く僕たちの目の前に立っているではないか。緑の草の生い茂った塘の尖に、腰を屈めたような幹の恰好をして、お河童のように円く垂れた新緑の葉をつけて！

とうの昔に亡くなったあの水彩画家は、さては、この沼へ来てあの「雨後」の絵を描いたのであったか！ 四国の片田舎で育った少年が、どこの景色とも知らず絵で見て楽しんだゆかりの景色に、二十年の後、関東平野の一隅にある沼べりで出会ったのだから、僕は全く夢見心地であった。

さて、宮永さんの雑誌に「雨後」の絵を見つけると、僕は毎日遊びに行って、繰りかえし繰りかえしその絵を眺めた。欲しくて欲しくて堪らなかった。あんまり欲しくなったので、僕はとうとう前後の見境もなく、その絵を引き千切って盗んでしまった。「この絵を呉れませんか」と言えば、宮永さんは雑作なく呉れたにちがいない。しかし僕の欲望が昂じ、頭がほてって来ると、引き千切ってしまうよりほかに手立てがなくなってしまったのだ。

宮永さんと僕とは裏山を散歩することになった。宮永さんは一と足先に出かけ、僕は読み散した雑誌や本を大急ぎで片づけて、あとから行くこととなった。宮永さんの姿が見えなくなると、僕は一旦片づけてあった雑誌をまた取り出し、音を立てぬように気を附けながら、「雨後」の絵を破り取ってしまった。胸の動悸は高く鳴っていた。そしてその雑誌は行李の一番底へ入れ、口絵は二つに折って肌へつけた。

その日はそのまま、懐に気をつけながら裏山を遊び廻ったが、その翌《あく》る日から僕はぷっつりと宮永さんのところへ行かなくなった。却って怪しまれはしないかと思いながら、どうしても足が向かないのだ。それきり僕は、再び宮永さんと会う機会がなかった。村から帰ると間もなく宮永さんは死んだと聞いた。僕が中学校へ通うようになって、初めて図画教室へ這入ってみると、そこには宮永さんの描き残した紫木蓮《しもくれん》の絵が懸《か》かっていて、僕は宮永さんから見下ろされたように胸が騒いだ。「雨後」の絵を盗んだことを思い出して、かすかに心が痛んだが、僕は極力思い出さないように務めた。悔いるとか反省するとかいう能力はまだ生れていなかったので、卑怯にもただ疵《きず》に触れることを避けよう避けようとしたのであった。

その「雨後」の絵を盗んで来ると、僕は壁にピンで留めて、終日うちに閉じ籠《こも》って眺め暮した。勿論、何枚も何枚も水絵具で摸写を試みた。空、柳、塘、水、日傘、何度描き替えたことであったか。――つまり、遠い少年の日に、僕はいま沼の上で見える景色を、何度も何度も描き試みていたのであった。ただ画面と違っているのは、日傘の乗った渡船のかわりに、僕自身が渡船に乗っていて、この風景の点景となっていることだ。

僕たちはいつまでも沼の上を行っても仕方がないから、向う岸に降りて、田圃の路を少し歩いてみようと言うこととなり、舟をその方に向けて貰った。

舟の向きが決まると、「おっさん、僕に棹を貸してくれ」と言って、友達が立ち上った。

「駄目でしょうが……」とおっさんはにこにこしながら、水棹を友達に渡した。友達は今日の遠足に心がはずんで、愉快げに不手際な棹を操った。

僕は、小さな古疵のあるために、なんだか盗み見るような気持で、この懐しい沼の景色を眺めていた。柳や塘や空を見ていると、いつかの昔、この沼の上を渡って行った明るい日傘も、遠い幻となって目に浮んで来る。……

沼の面には、いつの間にか波が起っていた。

二　閑人交游図

はしがき

二閑人と言うのは、決して当らない、なんとなれば、彼等は決して閑人ではないからである。

白日亭主人瀧澤兵五氏は、独逸浪漫派の文学に傾倒していて、就中《なかんずく》、ジャン・パウルだとかハインリッヒ・クライストだとかエ・テ・ア・ホフマンだとかの文学については、深い造詣をもっている。瀧澤氏は、数年前夫人を喪《うしな》って、家を畳み、今は女学校の一年生である娘と一緒にアパート住いをしている。

小早川保君は、瀧澤氏より三つ四つ年下だが、葛西善蔵に倣って「霜枯れ作家」を以て任じ、身辺の哀れに取材した私小説を発表することによって、文壇の一部に知られている作家である。彼はもう二年越し細君をサナトリウムに送っていて、家には三人の子供を抱え、郷里から妹を呼び寄せて世話をさせている。

瀧澤兵五氏と小早川保君とが初めて知合いになったのは、数年前瀧澤氏が独逸語のゼミナアルを開いていた時である。その時分小早川君はトオマス・マンの文学に熱中していて、マンの文学を原書で読みたいばっかりに、昔学校で習ったまま打っちゃらかしてあった独逸語を、もう一遍勉強し直してみたいと思っていたのである。その矢先、二・二六事件のあとの頃、或る日郊外の町の雪解け道を歩いていると、広田内閣成立の新聞号外と一緒に、瀧澤ゼミナアルの会員募集のビラが、そこらのトタン塀や電信柱などに貼りつけてあるのが目についた。ビラは雪に打たれたと見え、赤い圏点や趣意書などはにじんでいたが、春寒い空気の中で、それが変に新鮮に眼に映ったことを小早川君は覚えている。「瀧澤ゼミナアル」と毛筆で達筆を揮《ふる》ってあったのも、なんだか気負った感じがして、気持が好かった。

そこで、小早川君は早速瀧澤ゼミナアルの門を叩いた。もと画家が住んでいた家だそうで、かなり古びて、橙色のペンキなど剝げてはいるが、一寸《ちょっと》洒落れた木造洋館で、硝子戸が多く、家の割に広い庭は荒れるに任せてあった。瀧澤ゼミナアルの会員は、大部分が支那の留学生で、瀧澤氏はベレエ帽を冠り、刻み煙草を煙管に詰めて吸いながら、初級中級上級に分った各クラスに、毎晩一時間ずつ独逸語を教えていた。

小早川君が訪ねて行くと、瀧澤氏は小早川君の名前を知っていて、「会費なんかいらないですから遠慮なくいらっしゃい」と気安く言った。他の会員に済まないから会費だけは是非取って下さいと言っても、いや、いいですよと言って、瀧澤氏はどうしても受取ろうとしない。小早川君はひどく感動した。ゼミナアルを開くくらいだから、あまり豊かな生活をしている筈もないのに、瀧澤氏の心の闊《ひろ》さに感心したのだ。よろしかったら、一時間くらい臨時にやってあげましょう、残っていなさい、とも言った。瀧澤氏と小早川君との交游が、今日のごとく深くなったのは、恐らくそこのところに機微があったのだろうと考えられる。——そこで小早川君は、名誉会員のような恰好で、会費なしで会員に加ったのである。

しかし翌年の夏支那事変が起ると、瀧澤ゼミナアルの会員たる支那留学生は、みんな帰国してしまったのである。それと同時に、瀧澤ゼミナアルは解散し、あとには瀧澤氏と小早川君との個人的な交游だけが残ったのである。それがどんな交游であったかと言えば、それは筆者がこれから「二閑人交游図」において描かんとする主題である。二人の間には、今は独逸語のことなどおくびにも出ないのである。

瀧澤氏は、今でもゼミナアル時代の写真を一枚持っていて、時々取出しては懐しそうに眺めている。例の荒れた庭の片隅に壊れかかった塀があって、その塀の前の日当りで撮った写真である。瀧澤氏を囲んで、支那の留学生達は思い思いの恰好で立ったり坐ったりしている。彼等の屈託なさそうな顔を見るにつけ、彼等は今どこでどうしているだろうか、なかにはもう此の世にいないものもあるだろうなどと、思って見るのである。その中に、黄さんという学生がいて、ゼミナアルが解散する日、奉書紙を買って来て、「白日亭」と横額に書いてくれた。若いに似合わず、日本人では一寸書けそうにない、張りのある字である。その「白日亭」の書も、瀧澤氏はゼミナアル時代の記念として大切に保存している。アパートのドアを明けると、座敷との境に、九曜星を染め抜いた古びた紺暖簾《こんのれん》が垂れていて、その暖簾の上に、「白日亭」の書が懸《かか》っているのである。

瀧澤氏も小早川君も、決して豊かな生活をしているわけではない。それどころか、乏しさに喘《あえ》ぐ生活と言えないこともない。瀧澤氏のいる三宝荘アパートの掟では、間代の滞納を二月までは認めるが、三月になると、追い立てを食わせることになっている。瀧澤氏はいつも、危い瀬戸際にすれすれのところで生活をしている。小早川君の家が、隣組九軒のうちで一番見窶《みすぼ》らしく、一番貧乏世帯を張っていることも、十目の見るところである。

瀧澤氏は、夫人を亡くする前後から、いや、そのずうっと以前から、不幸ばかり背負って来ている。古い友人は勿論、瀧澤氏を知っている限りの人々は、瀧澤氏の話が出るたびに、「瀧澤君は気の毒な人でね」と口を揃えて同情する。頑固に独逸浪漫派の文学を信奉しているので、はやりの文学を紹介して当てるということもない。数年前から取りかかっているニイチェ詩集の飜訳だって、噛んで含むようにして仕事をしているので、未だに出来上らない。最初の方の訳稿は、すでに変色して、薄黒く煤け、インクの跡も褪せている始末である。だからと言って、瀧澤氏が生活に呑気であるわけではない。女学校へ行く娘を抱え、その毎日の生活は、まるで追っかけられるような焦慮に満ちた生活だとも言える。

一方小早川君は、身辺の哀れを切り売りするような私小説を書いているが、私小説ぐらいで暮しが立つはずはない。まして、彼にあっては病院と自宅と、言わば世帯を二つ持っているので、たまに本など出して纏《まとま》った金が入ることがあっても、焼石に水である。それに彼は、通俗小説を書いたり、時流原稿を売ったりするような器用な真似も出来ず、それかと言って雑誌記者かなにかになりたいと思っても、この数年来健康を害してしまったので、世間並みに活動的な生活などもはや思いも寄らぬのである。そこで結局、頼むところは元手いらずの私小説ということになるが、私小説で生活することが如何に困難であるかは、葛西善蔵以来の定説となっている。

「毎月々々、カヴァアするだけで大変ですね。」と、いつか瀧澤氏が、小早川君に同情したことがある。正にその通りである。毎月々々を弥縫《びほう》するだけで、なんだか息切れがするような気持である。

追っかけられるような生活、息切れがするような気持、それが瀧澤氏と小早川君とに共通した日々である。だから、彼等は決して閑人ではない。彼等がいかに度々往き来をし、彼等がいかに度々親しそうに顔を合せているからと言って、「二閑人交游図」と言うのは、決して当らない。彼等は同じように家庭の不幸を背負い、同じように貧乏暮らしで、同じように悪戦苦闘をしている淋しい心の持主なので、互いに慰め、慰められんがために、彼等の心がおのずから寄り添って、度々往き来をし、度々顔を合わせて交游しているまでのことである。彼等こそ、閑人とは正反対の、正真正銘の生活人なのである。

ただ、彼等の風貌や、交游の表われ方に、若干閑人的な匂いがあることは事実である。誰か、たとえば雑誌の編輯《へんしゅう》記者でも、瀧澤氏を訪ねて、アパートの一室で大きな独逸語辞典を繰っている瀧澤氏と向い合っても、或いは、小早川君を訪ねて、昆布茶を飲みながら、胡坐《あぐら》をかいて原稿を書いている小早川君の姿を見ても、いずれも、彼等が家庭の不幸を背負い、貧乏に追い立てられ、悪戦苦闘している人の姿とは見えない。彼等は決して晴れ晴れとした顔はしていないが、いつも何事もないような、平穏な顔をしているのである。それが、よそから見れば、彼等を閑人と思わせ兼ねないのである。そのことは、彼等自身でも認めているところである。

春先の頃、瀧澤氏の所に到来の酒があって、瀧澤氏の手料理のうど の酢味噌和えで、烏賊《いか》徳利を暖めながら一杯飲んだ時、

「二閑人酒を酌む図ですなア。」と言って、二人で大いに笑ったことがあった。

彼等自身で閑人振るのは、彼等の苦しい生活のさせるアイロニイなのである。

1　二閑人将棋を指すの図

瀧澤兵五氏と小早川保君との二百番手合せは、大分吹聴したたし、小早川君が随筆などにも書いたので、彼等の将棋仲間では、かなり評判になっている。しかし、二百番

指してもたいして手は上らないものだねと言うのも、彼等の間の定評である。

二百番手合せというのは、瀧澤氏の考案で、つまり四百字詰原稿用紙の半分ずつに、二人の星取表を書き込む仕組みで、だから一枚の原稿用紙が全部埋まってしまえば、二百番指し了《おわ》ったことになるのである。去年の秋が指し初めであるから、もう一年余りつづいているわけである。

或る晩、瀧澤氏は眼が醒めて眠れないままに、机の抽斗《ひきだし》から星取表を取り出して、星勘定をしてみた。小早川君の勝星が八十幾つで、自分の勝星が三十幾つであった。

「あと全部勝たなくちゃならないなア。」

翌《あく》る日、瀧澤氏は星勘定の報告旁々《かたがた》小早川君のところへやって来て、笑いながら決意を洩すのだった。

「案外指してませんね。」

「全部で百二十番足らずですよ。」

「この調子だと来年までかかりますね。」

「三年越しの大手合せになりますよ。」と言って、瀧澤氏はクックッと含み笑いをした。瀧澤氏の将棋は、素直で、淡々としていて、勝敗に拘泥しない。しかし、どんなに旗色が悪くても、決して投げない。最後まで指し抜く。将棋を大切にするのである。非常に気持のいい将棋である。その代り、今日は頭が痛いから駄目だと言って一番しか指さぬこともあるし、二番も指すと、もうこれ以上疲れては、いくら指しても同じことだと言って、どんなに勧められても駒を置く。三番と指したことは殆どない。だから、一年経っても、番数が捗らず、悠々たる進行状態なのである。

小早川君は、数年前、友人の秋葉君と、春から夏にかけて九十四番の手合せをしたことがある。小早川君が四十八勝、秋葉君が四十六勝の接戦であったが、一度指し始めれば必ず三番は指し、夏の暑い日盛りに、或いは燈火管制の暗い電燈の下で、頭を突き合せ、眼を血走らせて指したものであった。将棋のあとで街に出て、卒倒しかけたこともある。小早川君が健康を害したのはその頃からで、将棋のために悪くしたんだろうと友人達から冷かされたものであった。それに比べれば、瀧澤氏との手合せは、慾も得もない指し方で、バタバタと簡単に片付くこともあれば、お互いに緩手の連発で矢鱈に長くなることもある。

「昨夜はよく眠れたから、今日は勝ちそうだな。」と勢いながら、瀧澤氏が朝の十時頃乗り込んで来ることがある。

「将棋だって、本気に指そうと思えば、仕事のあとの疲れた時なんか駄目ですね。原稿書く時と同じように、やっぱり頭がクリーアな時でなくちゃ。」と小早川君が言えば、

「そうですよ。本当に勝とうと思えば、仇《あだ》やおろそかには指せませんよ。」と瀧澤氏も同じるのである。

そうして指しはじめるのだが、瀧澤氏が返り討ちに会って、「今日は勝つつもりだったがな」と言って悄気《しょげ》ることもあるし、得意の鳥刺し戦法が辛辣で、小早川君が忽ち敗れることもある。勝勢が見えて来ると、瀧澤氏は喜色を湛え、左手の中の駒を取っては左手の中にカチッカチッと投げ込みながら、「この勝負は貰ったかな」と言って、肩も膝も、からだごと揺するのである。受身で戦って、駒を集め、逆襲して敵

の首級を上げるのを得意とする小早川君は、敗けそうになると粘りに粘り、「お手に何がありましたかね」と聞く。「飛車と桂」――今聞いたことをすぐ忘れて、また「お手には何でしたかね」と聞きかえす。小早川君が敵の持ち駒を頻繁に訊きはじめたら、彼の旗色が悪い時だと思ってまちがいない。

「瀧澤さアん、瀧澤さアん。」

小早川君は路の上に立って、アパートの二階に住む瀧澤氏を呼ぶのである。すると二階の硝子戸があいて、瀧澤氏が顔を出す。

「やア、いらっしゃい。」

「いいですか。仕事じゃないですか。」

「いや、いいですよ。」

小早川君が瀧澤氏を訪ねるのは、大概晩の七時か八時頃である。その頃には、瀧澤氏は家を明けないように気を配っているし、外出していても帰って来ることにしている。小早川君はコトコト下駄の音を立てながら三宝荘アパートの階段を昇って行くのだが、その時が一番嬉しい気持である。やがて瀧澤氏と対局することを考えると、胸がわくわくする。

彼等は四五日も逢わないでいると、まるで十日も二十日も逢わなかったような気持がする。

「御無沙汰しました。」

「御無沙汰しました。」

小早川君が座につくと、そう言って、どちらからともなく笑い合うのが常である。而《しか》もその四五日の間に、独逸機がロンドン猛爆をはじめていたり、三宅島が爆発したりしているので、話は暫く世間話に弾み、転じて仕事の話になったりする。そのうちに、埃を払いながら、瀧澤氏が徐《おもむ》ろに将棋盤を取り出すのである。

瀧澤氏の将棋盤は、欅《けやき》の木かなんかで、どっしりしていて、なかなか立派な将棋盤である。京都かどっかの古道具屋で見つけ、鉄道便で取り寄せたと言うだけあって、もうかなり古いもので、拭き込んだつやは深光りを発している。瀧澤氏が幾度か居を移して転々した間にも、この将棋盤だけは手放す気がしなかったと言っているのを見ても、瀧澤氏の最小限度の家財のうちで占める位置が判るのである。駒も、山形の温泉で買って来たもので、古色を帯びている。

これに反し、小早川君の将棋盤は、盤の厚さが瀧澤氏の盤の半分くらいしかなく、盤の画も彫ったものでなくて、漆の罫を引いたのだから、少し剝げかかっている。肝腎の臍《へそ》がないので、まだ余り古くないのに、盤面が反りかえろうとしている。このように安物ではあるが、いわれのある盤だから、小早川君は小早川君で大切にしているのである。と言うのが、数年前、或る文人将棋会で全勝して、獲得した盤なのである。その時、小早川君の優勝が確定すると、参会者の拍手のうちに、主催者から小早川君に授与したのであった。

夜更けに小早川君が喘ぎ喘ぎそれを持ってかえると、その頃はまだ家にいた妻も、三人の子供達も、みんな起き上って来て、将棋盤を取りかこみ、「よかったわねえ」と讃歎したものだった。盤の裏には、「優勝記念」の文字とともに、参会者の名前が十人ばかり書いてある。客があって、将棋の話など出る度に、小早川君は盤をひっくりかえして、裏の文字を見せて得意がるのである。

文人将棋会といえば、瀧澤氏と小早川君とが発企人《ほっきにん》になって、文学仲間の将棋会を、瀧澤氏の部屋で催したことがあった。十三四人集り、近所の古本屋の主人が駒を寄附したりした。その時美濃紙一枚に寄せ書したのが、瀧澤氏の部屋の壁に、ピンで貼ってある。仙崖《せんがい》和尚の言葉を書いたものもあれば、「守るは攻むるなり」だとか、「どうもかなわない」だとか書いてある。小早川君は、「見ずや竹の声に道を悟り桃の花に心を明らむ」と正法眼蔵随聞記の一句を書いた。

瀧澤氏が小早川君の家に来て、座敷に坐るや否や、心得たもので、小早川君の男の子か女の子かが、直ぐ将棋盤を持ち出して来て二人の前に置く。そして、盤の側にくっついて観戦しているうちに、いつの間にか形だけ覚え、八つの男の子と十の女の子とが将棋を指し、角の交換などするのである。

瀧澤氏の室で指す時には、お河童の娘さんは隣の室に退いて、卓の上の緑色の電気スタンドの蔭で、編物したり、お父さんの訳した独逸浪漫派の戯曲など読んでいる。二人の将棋が白熱して来るにつれ、娘さんはその方に気を取られてしまい、編物も読書もちっとも進まなくなる。お父さんや小早川さんの放つ嘆声や冗語《むだごと》が可笑しくて、口に手を当てて笑いを殺してばかりいるのである。「緩手だったかな」と言ってみたり、「そいつは痛いなア」と言ってみたり、小早川君の「御手に何がありましたかね」などの頻発もその一つである。二人はそんなことなどまるで気附かずに遣り取りしているので、娘さんは益々可笑しいのである。いつか、何かを熱心にノオトしていると思ったら、二人の冗語を一々筆記しているのだった。将棋がすむと、そのノオトを瀧澤氏の前に突き出したまま、笑い転げてしまった。

その時の勝負は、九分通りまで瀧澤氏が勝っていて、逆転して負けたのである。角で王手飛車をかければ瀧澤氏が必勝だったのに、何だか気の毒なような気がして緩手に換えたために敗れたのだ。

「同情して負けたところで、口惜しいことに変りないから、ああいう時同情心を起すのはいかんですなア。結局闘志が足りないんだな。」と言って、瀧澤氏は頭を掻《か》いた。そんな残念な将棋だったから、瀧澤氏の嘆声や冗語は、その日一層激しかったにちがいない。

2　二閑人釣魚の図

秋晴れの或る一日、瀧澤氏と小早川君とは、東京から程遠からぬ或る渓谷へ魚釣りに出かけて行った。魚釣りと言っても、釣るのは瀧澤氏であって、小早川君はお伴である。

小早川君が瀧澤氏の釣りのお伴をするのは、これが二度目である。最初は、初夏の頃多摩川へついて行った。瀧澤氏が水の中へ入って鮠《はや》の瀬釣りをするのを河原から眺めたり、瀧澤氏が瀬を下るにつれて小早川君も魚籃《びく》を提《さ》げて河原を下ったり、それにも飽きると河原の上に寝そべったりして、半日を過したのだった。その時の楽しさが忘れられないので、またついて来たのだ。

二人は右手にK川の薄濁った渓谷を瞰下《かんか》しながら、うねうねと曲った往還を歩いていた。K川は両岸を刳ったように底深く流れ、二人の歩いている往還は高原のような台地になっていた。行く手の谷合いの、林の茂った嶮《けわ》しい崖の端《はし》に、温泉旅館の空色の屋根だけ見え、そこで昼飯でも食べて一休みしたのち、旅館の下の渓谷で糸を流す手筈だった。

瀧澤氏は、どっから見ても釣師の軽装で、手提鞄を提げ、その中に魚籃や釣糸や、腹の空いた時の用意にパンなどを入れていた。小早川君はサラリイマン時代の紺背広を着て、瀧澤氏所有の写真機を肩にかけ、釣竿の入った袋を提げていた。

「どっか田舎へ引っ込んで、釣りをして暮したいと思いますね。」と瀧澤氏が歩きながら言った。

「まだ少し早過ぎるんじゃないですか。五十からでいいでしょう。」

「そりゃそうだけど……この間、親爺の墓参りに千葉の田舎へ行って来たんですが、親戚の者等が集って一杯飲んだ時、兵さん、是非もう一遍田舎へかえって来なさい、家なら皆で建ててやりますよ、と言われた時には、心が大いに動きましたね。」

「そこは、釣りも出来るんですか。」

「そもそも僕が釣りを覚えたのは、そこの川の鮒釣りだったんですよ。僕の家は今はなくなったけど、もとは僕の家が本家で盛んだったものだから、僕はそこで六つの時から十二の時まで育って、鮒釣りを覚えたんです。……親戚の者というのは、大概その時分の学校友達なんですよ。」

「田舎住いも、空想してる時はいいけど、実際になってみると、いろいろ不便だったり、嫌なことも出来て来ると思いますね。」

「僕も今直ぐ実行しようとは思わないけど、夢として取っとこうと思うんですよ。」

「夢！　そう、夢として取っとくのはいいですね。」

「しかし田舎へ行って、その川の色を見ると身ぶるいしましたね。釣の用意して来なかったのが残念でしたよ。……尤も、もっと大きな川だったはずなのに、行ってみると小《ち》っちゃな川なんでがっかりしましたがね。」

川の色を見て身ぶるいしたというのは、いかにも釣狂らしくて小早川君には面白かった。瀧澤氏の毎朝の楽しみは、新聞の「釣のたより」を見ることである。それに感染して、釣りをしない癖に、小早川君も「釣のたより」に興味を持ちはじめた。小早川君が新聞で見ないのは、相場と碁と釣の欄であったが、時局とともに、相場の欄にも、判らないながら眼を通しはじめ、今また釣の欄を読み、残るは碁の欄だけになってしまった。

或る日曜日の朝、小早川君は二等郵便局へ速達を出しにゆく用事があって、三宝荘アパートのそばを通りかかったので、瀧澤氏の室の方をうかがってみた。すると瀧澤氏は窓の手摺《てすり》に乗り出して、空を見上げていた。

「瀧澤さアん。」

瀧澤氏は、寝呆けたような、眩しいような顔をふり向けて、ニッコリ笑った。

「どちらへ?」

「ちょっと郵便局まで。」

「いま、空の様子を見ていたところですよ。暫く釣りに行かないものだから、魚籃がすっかり乾いちゃってねえ。」

瀧澤氏の室の壁には、いつも魚籃がぶら下っている。何日も釣りに行かないでいると、魚籃の湿りが消えて、その度に髀肉《ひにく》の嘆を感ずるのであろう。

「今日は、大丈夫ですよ。」薄曇った空を見上げて、小早川君が言った。

「よさそうですね。……栗橋でやってみたいんだけど。」

「利根川ですね。」小早川君が栗橋という所を知ったのも、「釣のたより」だった。

そのあと、「じゃア、大漁を祈りますよ」と言って小早川君は別れたが、瀧澤氏の栗橋は不漁だったらしい。

或る日、小早川君は中野を歩いていて、通りがかりの釣道具店の飾窓に、見事な魚拓が出してあるのが眼について、足を停めた。五月某日蒙彊《もうきょう》で捕れた何んとか言う魚だと書いてあったが、申分のない全身像で、小早川君は暫くの間惚れ惚れと見惚れていた。二度目にそこを通った時には、その魚拓はもうなくなっていた。その代り、店に誰もいなかったので、店の中を覗いてみると、雄渾《ゆうこん》な魚拓が二枚、壁にかかっていたので、小早川君は思わず息を呑んだ。

小早川君が魚拓などに見惚れるようになったのも瀧澤氏の仕込みである。瀧澤氏も好い魚を釣って来る度にいくつかの魚拓をつくっているが、取り分け見事なのは、多摩川で釣って来た鮎の頭部でつくった魚拓である。頭の脳天も鰭《ひれ》も鱗も、刎《は》ね躍るごとく墨をにじませている。小早川君は一眼見ると感嘆し、今度本を出される時、魚拓を装幀に使ってはどうですか、と進言した。すると瀧澤氏は例の調子で、あっさり言った。

「今度あなたの創作集を出す時、使って下さい。」

かくの如く、小早川君は釣に対する興味を喚起され、あとはただ彼自身が釣を垂れるばかりである。しかし、瀧澤氏がどんなに手解《てほど》きしてやろうと言っても、小早川君は面倒臭いのか、自分で釣竿を持とうとは言わないのである。

谷合いを迂廻した道を出ると、K川の岸辺に、紅殻色に塗った家が二軒立ち、家の前の水際に貸し舟が四五艘繋いであるのが、遥か下に見えて来た。

「あんな釣宿が、K川の流域だけで八十何軒とかあるそうですね、誰かが雑誌に書いていたけれど……。」と言いながら、瀧澤氏はその紅い家を指差した。二階作りで、陽当りのいい手摺には蒲団が干してある。

「八十何軒ねえ。」と小早川君は驚いて、「僕はまた、温泉旅館の経営する貸ボオト場かと思っていた。」

「鮎の解禁の頃になると、ああいう釣宿に白い首の女が一時的に現れて、釣師の間で猛烈な競り合いがあるんだって……。」

「ふうん。」

「そしてあぶれた男は、変にやけを起して、暴れたりする奴もあるんだって……」と言って瀧澤氏は笑った。

「ありそうなことですねえ。」

と、小早川君が興味をもっているうちに、温泉旅館への降り口へ来ていた。

そこには、茶室めかした待合茶屋があり、その茶屋の縁先には小さな池をつくり、「鯉と鮎の碑」が立っていた。停車場へ客を送り迎えする馬車も置いてあった。

旅館の空色の屋根は、往還からずっと下に、断崖の端に乗っかるように見え、K川と、その支流の合流するあたりの川波と、その三角点にある龍宮島の景観を収めるようになっていた。龍宮島の褪せた赤い鳥居と祠とは、谷の底に小さく見下ろされた。それは、釣宿とともに、小早川君が勘違いしたように、まるで温泉旅館の経営する遊歩場の一部のように見えた。

丸木作りの手摺を伝いながら、折れ曲った新しい路を暫く降りると、温泉旅館の玄関に突き当った。女中の姿がチラチラ見え、庭師が入っていた。

「一帯の感じが、なんだか俗っぽくて嫌やだなア。」と瀧澤氏が顔をしかめた。

「鯉と鮎の碑だとか馬車だとか、洒落れれば洒落れるほど、俗っぽくなるんですね。」

「その癖、なんだかボリそうだな。」

「たとえ金があっても泊る気がしないなア。」

「こういうところに温泉宿を建てる思いつきはいいと思うんだが、思いつきが生きてないなア。」

「通り抜けお断りと書いてあるから、どうせここから谷に降りることは出来ないでしょう。引っかえしますか。」

旅館の玄関を望みながら暫く立っていてから、二人はまた坂を登ってあとに引きかえした。

「谷へおりてパンでも食べましょう。」と瀧澤氏が、旅館の一寸先のところで谷への降り口を見つけながら言った。

稲妻形の急な降り路で、前日来の雨のため、ところどころ崖崩れがしていた。降りるにつれて一歩毎に、K川へ注ぐ谷川の音が高まって来て、しまいには耳を聾するばかりだった。水量を増した谷川の水は、滝になったり岩石に激したりしていた。

「こりゃ、一寸向こうへ渡れそうにないですね。」と日頃用心深い小早川君が、岸に立って尻込みした。向こうへ渡らねば釣場らしいところがないのだ。

「大丈夫ですよ。僕が写真機も何も持ってあげるから、あなたは僕のあとについていらっしゃい。」と子供に言うように瀧澤氏が促した。

「僕はね、運動神経が発達してないんで、危い岩を伝ったり深みを渡ったりするのが不得手なんですよ。どうも無事に渡れる自信がないなア。辷《すべ》ったり転んだりしそうだなア。」小早川君は小心そうな顔をして水を見ている。

「じゃア、僕が一度試《た》めしに渡ってみましょう。どれくらいの水勢か……」

「いや、よした方がいいですよ。とても渡れないと思いますね。転んだら大変ですよ。」

「まア、試めしにやってみましょう。」

瀧澤氏は靴と靴下を脱ぎ、ズボンを捲《まく》りあげて谷に降りて行った。水に沈んだ飛石を二た足伝って、谷のまん中の石に立つと、石がゆらゆらと揺れて、今にも足首が浚《さら》われそうである。もうあと二た足、最も流れの急な深みに足を入れねば向こうへは渡れないのである。

「瀧澤さん、止めた方がいいですよ。危いですよ、危いですよ。」

小早川君は真剣な顔をして、声を張り上げ、手で制した。小早川君の頭の中では、瀧澤氏が激流に浚われ、頭やからだを岩にぶち当てながら流れる光景が、異常にはっきりと描かれるのであった。瀧澤氏は石の上に立って、小早川君の方をふりかえったが、小早川君があまりに真剣な様子をして叫んでいるので、思い諦めて引っかえして来た。

「やっぱり渡らなくてよかったですよ。危かったですよ。」と小早川君が安堵した顔で言った。

「いや、僕はこれで沢渡りや谷渡りには一寸自信があるんです。しかし、ひとが渡るなという時には、渡らないもんです。」

一時は小早川君を率いようと逸《はや》っていた瀧澤氏だが、例のごとく恬淡《てんたん》としていた。

二人はそこで、白い瀬を背景にしたり、流れの中に逆光線に立ったりして、交る交る写真を撮った。

その時、うしろの路の方に誰か来る気配が感ぜられたので、ふりかえってみると、籠を背負った一人の老婆が降りて来るのだった。

「大分水が出たようですな。」と老婆は白い入歯を見せながら、裾をまくり、草履をぬいでいる。

「お婆さんはここを渉《わた》るのですか。」と小早川君が驚いた顔をして訊ねた。

「えええ。」と老婆は自信ありげに笑いながら谷へ降りて行った。

小早川君は固唾《かたず》を呑んで老婆の足元を見つめた。瀧澤氏も勿論見ていた。老婆の籠の中には、南瓜が転っていた。

老婆は石を二つ渡った。そこまでは瀧澤氏と同じである。次ぎにどうするかと見ていると、右脚を流れに突っ込んで、足場を探り、深さを計っているようであったが、所を得たのであろう、右脚を流れの底に踏みつけ、左脚を手繰ってザブリと音がしたと思う間もなく、早や向こう岸にあがって、脚の滴を切っていたのである。水の深さは膝の下であった。

小早川君は感心してしまった。うまいものだと、名人芸でも見るような気持だった。近年になって新しい往還が出来るまでは、山径と谷川の飛石とが、この渓谷における唯一の交通路であったろうから、子供の時から幾十年にわたって通い慣れた路であろう。だから、飛石の踏まえ方も水の渉り方も、心得たものにちがいない。

しかし、それにしても、この老婆が渉るものを渉れないとは情ないことだ、と発奮する心が小早川君に湧いて来た。老婆の足元を見つめていたので、こいつも判ったのである。

「渉ってみましょうか。」と小早川君が元気な声を出した。

「渉りますか。」と瀧澤氏は、渉ってよし、渉らぬでよし、と言った控え目な調子だった。

「あのお婆さんが渉るのに、こっちが渉れないとあっては、どうも沽券《こけん》に拘《かかわ》る。渉りましょうよ。」と小早川君は早や靴を脱ぎにかかった。

「大分元気が出ましたな。」と瀧澤氏が笑った。

「あのお婆さんに尻をひっぱたかれたんですよ。」

「写真機も靴も、僕が持ってあげましょうか。」

「いや、いいですよ。」

瀧澤氏が手提鞄と靴を捧げ持って、難無く先に渉った。つづいて、ズボンの裾を捲った小早川君が、用心しいしい水の中に入った。瀧澤氏が手を取らんばかりの面持で、小早川君の足元を向う岸から見詰めていた。小早川君はそっくり老婆に倣って、老婆が足をおろしたあたりに足をおろすと、素早く水を切って、向う岸に跳びあがった。全く難無きわざであった。

「ああ、ああ。あのお婆さんのお蔭だったな。お婆さんが来なかったら渉れなかったんだからなア。」

小早川君は濡れた脚をタオルで拭きながら、嬉しくて、燥《はしゃ》ぎ立っていた。自嘲するのも、嬉しさのせいだった。

「小早川さんを、一歩、自然に近づけたような気がするな。」と瀧澤氏が言った。

瀧澤氏の言葉には深い意味があるとは知りながら、小早川君はまた燥いで言った。

「水と石の膚《はだ》に足が触れたのは、この前多摩川に行って以来ですよ。殊に水に洗われた石の感触は、なんとも言えないですなア。」

「さっき、小早川さんに止められた時は、あんまり真剣なんで、大丈夫だとは思ったが、どうしても先へ進めなかったですなア。」

「いや、どうも。」小早川君も照れるよりほかなかった。

「この磧《かわら》でパンでも食べましょうか。」

「いいですなア。」

手提鞄からパンを出し、磧に坐って食べていると、さっきからそこらで葛《くず》の蔓を採ったりしてぐずぐずしていた老婆が近寄って来た。

「卵を買って下さらんか。」と老婆は遠慮深く言った。それで、ぐずぐずしていた意味がよめた。釣宿へ売りに行く途中だが、買ってくれれば売ってもいいという。一つ七銭の割で、十四あった。

「全部貰いましょう。」と言って瀧澤氏が蟇口《がまぐち》を取り出した。

「序《つい》でにお婆さんにパンを一つ上げようじゃないですか。」と言って小早川君が渦巻パンを差出した。お婆さんは押しいただいて懐ろへ入れた。

「この川では釣りしてはいけないですか。」と瀧澤氏が、古びた禁漁の制札を眼に止めながら訊いた。

「釣宿の主人が管理人ですからね、許可をもらわなけりゃ、釣れませんぜ。」と老婆は言った。

「金を出してまで釣る気はしないな。」

「もとは、そこに釣堀があったんですがね、洪水で流されちまって、今は跡ばかりです。」と言いながら老婆は廃墟になった釣堀を指さした。壊れたコンクリートの堀が、雑草に包まれて、龍宮島の下に見えた。お礼を述べて老婆が釣宿の方へ立ち去ったあと、二人は卵を二つずつ磧の石で砕いて吸い、それから谷水を両手で掬《すく》っては咽喉を潤おした。顔も洗った。

「山蟹がいますよ。」と瀧澤氏がほんのり赤い山蟹を水際に見つけた。「子供さんに持ってかえってあげるといい。」

小早川君はおとなしい蟹を摑んで、「これは、いい土産が出来た」と言いながら、パンの入っていた紙袋に入れ、幾重にも折って、洋服の内ポケットに納めた。

「今のお婆さん、きれいな皮膚をしていたね、つやつやして。」と小早川君が言った。

「ほんとだ。このあたりの女は、膚がきれいなんじゃないかな。」

それから二人は、壊れた釣堀のそばを通り、木の根を伝って龍宮島へ登って行った。

「龍宮島心中って、地方の新聞によく出るのはここですよ。」と瀧澤氏が、高い崖の上から下の淵を覗いた。小早川君は、朽ちかけた柵に手をかけ、荒れた崖膚を見ると、無気味で、思案に余った男女の面影が頭にちらついた。小さな祠には、武運長久を祈る絵馬がいくつもかかっていた。

龍宮島を降ってから、また坂を登ると、二人はもと来た往還へ出て、停車場の方へ引きかえして行った。龍宮島の釣場を諦めて、駅の前の河原で釣るつもりだった。

「寂れた釣宿で一休みするのもよかったですね。」と小早川君が言うと、

「休むのならいいけど、言わば自然のふところへ入って行って、金を出して釣るのは面白くないですよ。」と瀧澤氏は潔癖に言った。

もとの駅前へ引きかえし、目指す河原へ降りてゆくと、そこでは川は汪洋《おうよう》と流れていた。河原に、なにか動物の臥《ふ》せったような岩があって、その上に手提鞄や靴を置くと、瀧澤氏は早速釣支度にかかった。釣竿をつぎ足し、糸をつけ、腰に魚籃を吊すと、一時ももどかしそうに川の中へ入って行った。

「小早川さんは、ここで一二時間寝ていてくれませんか。」と言い残し、瀧澤氏は流れのまにまに毛針を流しはじめた。

瀧澤氏が暫くかかってヤマベを一つ釣り上げたのを見届けると、小早川君は岩の凹みに背を埋め、麦稈帽《むぎわらぼう》を額にかぶせたまま、仰向けに眼をつぶった。しかし岩は背に硬く、日光は頭に直射するので、うとうとしかけていてもすぐ眼が醒める。

小早川君は起き上って、岩を離れることにした。瀧澤氏は下流に下っている。小早

川君は黙って、芒《すすき》の穂の靡《なび》く草地の方へ歩いて行った。そこに、小屋が見えたのである。床には舟板を敷き、吹き抜けの物置小屋だった。床は日蔭になって涼しかった。小早川君は、睡気を中断した懶《ものう》いからだを、べたりと床の上に投げ出した。

しかし今度は、黙って来た瀧澤氏のことが気になって、どうしても眠れない。彼は時々立ち上っては、芒の穂の向こうの川の方を見た。いつ見ても、瀧澤氏はこちらへ背を向け、鉤《はり》を流すのに余念ない風であった。それを見ると、小早川君は安心して、また舟板の床へ寝転がるのであった。

3　二閑人酒を酌むの図

小早川君は、もう随分度々、瀧澤氏との交游を、随筆や小説まがいの文章に書いている。ということは、瀧澤氏の人生態度や生活態度などから、つねに自分の血肉となるべき栄養を摂取しつづけているということである。つまり、小早川君は、瀧澤氏との交游によって、いつも成長しているのである。

「僕と瀧澤さんとの附合いは、結局僕の負けつづける記録なんですよ。」

誰か第三者を交えて酒を飲む時など、小早川君は瀧澤氏を前において、よく本気になってそう喋るのである。瀧澤氏は駄々っ児の話を聞くように、いつもにやにやして盃を含んでいる。

「その証拠には、僕が酒飲みませんかと誘って、瀧澤さんが拒んだためしがない。そこへ行くと僕は我儘《わがまま》なんだ。一寸工合が悪けりゃ断るし、仕事がありゃ断るし……。それでいて瀧澤さんはちっとも嫌やな顔しないいんだからな。すべて僕の負けですよ。」

小早川君の言うことはたしかに当っている。瀧澤氏と酒を飲むたびに、小早川君は負けを意識しないことはない。そして負けを意識した途端に、小早川君は成長するのである。

いつか、こんなことがあった。小早川君の家で夕方まで将棋を指し、二人で一緒に近所の銭湯へ行ったかえりのことであった。

「夕食前にビイルを一本飲みませんか。」と瀧澤氏が誘ったのである。湯上りの気持にもって来て、靄のかかった、しっとりとした好い晩だった。

「いや僕は、どうしても少し急ぐ仕事があるんで、飲むと仕事の出来ぬたちだから、九時まで待ってくれませんか。それまでにあらまし片附けますから。」

酒と仕事とを秤《はかり》にかけてみて、その上で酒を飲もうというのが、すでに小早川君の負けである。しかし、仕事のことを思い詰めているので、その時の彼はまだ負けということを意識していない。

「じゃア、うちで待ってますから、その頃電話をかけて下さい。」

「でも、瀧澤さんに悪いな。折角好い気分のところを……。」

「いや、いいですよ。仕事の方が大切ですから。」そう言って、風呂屋の前の広場で別れて、瀧澤氏はかえって行った。

九時過ぎ、一仕事済ませたので、小早川君はせいせいした気持で省線駅まで駈けつけ、一杯飲める楽しさに慄《ふる》えながら、駅前のボックスに入って瀧澤氏のアパートへ電話をかけた。

「仕事は済みましたか。」と瀧澤氏の声。

「ええ、ほぼ。」

「そりゃ、よかったですね。」

「踏切のあたりでブラブラしていますから、いらっしゃいませんか。」

「じゃア、直ぐ出かけましょう。」

それで電話を切って、小早川君は踏切のあたりをブラブラ歩いていたが、待遠しくって仕方がない。彼は出迎えするような気持で、瀧澤氏に出会うまでと心に決め、そろそろと瀧澤氏のアパートの方へ歩いて行った。もう十時なので、両側の店は戸をおろして、街は暗く、人通りも稀《ま》れだった。小早川君は、人影が見え、跫音《あしおと》が聞える度、まるで恋人を待つように胸をときめかせたが、瀧澤氏は身支度に暇取ったのだろう、なかなか姿を現わさない。到頭アパートも間近くなった頃、ようやく瀧澤氏らしい人影が見え、「瀧澤さん」と呼びながら手を挙げると、向こうも手を挙げた。

小早川君は一緒になるのも気が急いて、直ぐ行きつけのおでんやへ伴って行ったが、期待に反して、その夜の酒は少しも弾まなかった。

「なんだか今夜の酒はまずいようだが、この前の酒とちがったかな。」と最初に言い出したのが小早川君だった。

「いや、酒は同じようだが……。僕はうちで果物を食ったせいかな。」と瀧澤氏もあまり気乗りせぬ盃の運び方である。瀧澤氏の飲み方は一風変った飲み方で、いつもなら、チュチュチュッと盛んに音を立てて酒を啜るのである。瀧澤氏のことだから、いずれ典拠のある飲み方にちがいないと小早川君は思っている。が、その夜に限ってなんだか啜る音も冴えなかった。そしていつもほど顔も赭《あか》くならない。

「僕はなんにも食わないが……。どうもいつもほど酒がおいしくない。まだ黄疸が癒りきらないせいかな。」

燗は丁度なのだが、燗に文句が言いたいような顔で、小早川君も盃を吸っている。小早川君の飲み方は、静かに音もなく吸うのである。盃を置いたあと、酒の気で粘つく掌を見るのも彼の癖である。

「なんと言っても、釣からかえって一杯ひっかける酒が一番おいしいですよ。」

「酒は結局、勢いですなア。」

それでも少し酒の廻って来た小早川君が、滑らかな口を利いた。その時彼はもう、自分が負けたということを意識しはじめていたのだ。

「勢いが随分影響しますね。」

「考えたり、構えたりして、理性をはたらかしたり、事務的に飲んだりしては、酒はおいしくないですなア。」

「それはそう。」

「さっき湯から出た時来ればよかったなア。」

「いや、さっき来たにしても、仕事が頭にあっては、やっぱりおいしくなかったでしょうよ。」

「結局、仕事がいけないということになるかな。」と小早川君は笑って、「今夜はどうもいけなかった。また日を改めて飲むことにしましょう。」

一本ずつ空けるのもやっとのことで、二人は店を出たのであった。この前食った時おいしかったので、その夜も、塩辛い鱈子を二つ炙ってもらって一つの皿に載せ、つつき合って食べたのであったが、鱈子もまたこの前ほどおいしくなくて、つつき残してしまった。

こんな失敗があって、酒は勢いであるということを身に沁みて自得することは、小早川君の成長なのである。

瀧澤氏と小早川君とが行きつけのおでんやというのは、踏切の北側にある「花菱」である。二人は、あちこちのおでんやや酒場や食堂など大分飲み歩いたすえ、「花菱」に落着いたのだ。粋なおかみのいるおでんやには、土地の物持らしい脂ぎった男たちが押しかけて来て哄笑しながら飲んでいるし、パアマネントの若い娘のいる酒場には、若い学生達がお互いに深刻な顔をして坐り込んでいるし、愛嬌好しの女がいる食堂には、時局産業で景気の好さそうな若者たちが気焔を挙げているし、静かに酒を飲むことが目的である瀧澤氏と小早川君にとっては、いずれも刺戟《しげき》と圧迫が強すぎるので、結局「花菱」が気に入ったのである。

「花菱」のおばさんは、お追従や無駄なお愛想など言わぬ代りに、誰彼のわけ隔てなくきさくに持てなすので、気持よく飲めるのである。瀧澤氏は、「花菱」がまだ踏切の南側に屋台で出ていた時分からの馴染みで、小早川君を梅雨の降る晩に初めてそこへ連れて行ったのであった。瀧澤氏の説によると、一年中で一番酒のうまいのは、シトシトと梅雨の降る晩だそうである。

「花菱」へ行って椅子に掛けると、瀧澤氏は直ぐ、「熱くしてくれ」と頼む。小早川君を熱燗好きにしてしまって、自分もそれに附き合うのである。

「瀧澤さん、僕はもう熱燗は卒業したんですよ。」と、小早川君が如何に抗弁しても、瀧澤氏はにやにや笑っていて取合わない。いつまでも熱燗好きだと思われるのは、初心者と思われるのと同じことだから、小早川君としては心外に堪えないし、好い酒飲みである瀧澤氏に熱燗を附き合せるのは心苦しいのだが、取合われないのだから仕方がない。

　小早川君はからだが弱って、一時酒を歇《や》めていたことがある。その間ににんにくエキスを、毎日強壮剤に用いたので、その強い刺戟が舌に残り、数年ぶりにまた酒を飲みはじめてみると、酒はまるで水のように刺戟がないのだった。丁度その頃瀧澤氏と飲み歩きはじめた時分だったので、酒場に入ると、瀧澤氏の諒解を得た上で、熱燗にしてくれと註文するのだったが、舌の感覚がもとに戻った今も、熱燗好きだとすっかり舐められてしまったのである。時には、二本取って、小早川君が熱いのを飲み、瀧澤氏がぬるいのを飲んだこともあった。

　熱燗のほかに、もう一つ、小早川君が瀧澤氏を手古摺《てこず》らせるのは、走り飲みである。いつかも瀧澤氏のところで将棋を指していて、小早川君が誘って「花菱」へ飛び込んだのは、十一時に五分前だった。寒い晩だったので、大急ぎで一本飲み、二本目を飲んでいるうちに時間が過ぎた。

「もう時間が来ましたから」と言いながら、おばさんは火気の衰えた煉炭火鉢の上から、おでんの大鍋を下におろした。こんな飲み方が、悠々たる飲み手の瀧澤氏にとって楽しいはずはない。むしろ飲まない方がましだろう。しかしこの場合も、熱燗の場合と同じに、嫌やな顔一つしないのである。その時は、飲み残りの酒が勿体ないと言うので、瀧澤氏はその酒を銚子のまま持ちかえって、うちで飲み、翌る日、おでんを二つ三つ入れて来た皿と一緒に返えしに行った。そのお礼には、釣堀から釣って来て洗面器に飼っていた小さな緋鯉を持って行った。今、「花菱」の店先にある硝子鉢の中で泳いでいる小さな緋鯉は、瀧澤氏が持って行ったものなのだ。

二人はあまりふところが豊ではないから、大抵一本ずつである。三本飲むことは滅多にない。

「花菱」を出ると、時々鮨屋に寄って立喰いをする。「うまい生烏賊の鮨を食わせますよ」と言って、最初小早川君が瀧澤氏を連れて行った鮨屋なのだが、瀧澤氏は生烏賊などには興味がなく、アナゴの鮨ばかり食べるのだった。附け足しには、鮪の鮨だ。小早川君はそれと反対に、いろいろ鮨のヴァライティを楽しむのが好きで、蛸だとかゲソだとかコハダだとか、あれこれ食い漁るのだ。しかし瀧澤氏が、いつ行ってもアナゴだけ食って、ほかのは見向きもしないのを見ると、自分がいかにも雑食家に見えて、だんだん引け目を感ずるのだった。

鮨に限らない。「花菱」でおでんを食う時だって同じことだ。瀧澤氏の食べるものと言えば、大抵八ツ頭、それに精々昆布巻と豆腐くらいのものだ。小早川君は、おでんやでも例の調子で、焼竹輪だとか信田《しのだ》だとか袋だとか、腹のくちくなるほど食い漁るのだ。小早川君は、いつも瀧澤氏の食べ方を立派だと思って感心している。

鮨屋を出ると、ポストのある本屋の前まで、瀧澤氏が送って来る。「もういいですから」と小早川君がどんなに言っても、瀧澤氏は送って来る。その間二町ばかりの道なんだが、もう間もなく一日の別れを控え、その道を歩く時が一日のうちで一番楽しい時間かも知れない。二人とも微醺《びくん》を帯びながら、仕事のことや、家庭のことや、社会のことなどを親身に話す。一刻千金の思いで歩いているうちに、忽ち本屋の前のポストの側まで来ている。まだ飲み足りない、まだ話し足りないという気持が湧くけれど仕方がない。

「それでは、どうも失礼いたしました。」と瀧澤氏が慇懃《いんぎん》にお辞儀をする。小早川君が奢った晩だったら、「どうも御馳走になりました」と云う。

「なんだか、別れがたない気持ですなア。」

と、小早川君が笑いながら冗談めかして言う。

事実、別れがたない気持で、二人はそこで別れてうちへかえるのだ。小早川君のうちでは、妹に守られて三人の子供が枕を並べて眠っている。瀧澤氏のアパートでは、娘さんが一人でベットの上に寝ているのだ。

いつか「二閑人酒を飲む図ですなア。」と言って二人が飲んだのは、瀧澤氏が鎌倉の親戚から酒を貰って来て、小早川君を誘いに来た時だった。小早川君がついてゆくと、途中瀧澤氏は市場に寄って、うど一本とほうれん草一束を買った。小早川君は序でに竹輪を五本買って行った。

小早川君が、少し待っている間に、瀧澤氏は台所でう、ど、の酢味噌和えをつくった。

少しゆですぎたかなと言いながら、ほうれん草のおしたしもこしらえた。

将棋会の寄せ書の下に、ベットが置いてある。そのベットの上に、脚を畳んだ円い茶《ちゃぶ》餉台《だい》を据え、その上にほうれん草やうどや竹輪や頬刺しなどを並べた。その時、「二閑人酒を飲む図ですなア」と言いながら、二人はベットの上にあぐらをかいたのだった。好い酒だった。

ベットのそばに椅子を引き寄せ、椅子の上に火鉢を載せ、その上に銚子をかけ、居ながらにして燗の出来るようにした。燗がつくと、銚子から烏賊徳利に移して飲んだ。鯣烏賊《するめいか》の胴でつくった徳利だから、酒がかすかに烏賊の匂いがした。友人の日本画家から貰ったものだそうだが、本当は、酒を飲んでしまったあとでは、その徳利を焼いて食べるのだそうである。前の晩瀧澤氏が独りで飲んだとき、それを火鉢の上にかけたものだから、徳利の尻が焦《こ》げ、酒が少し滲《にじ》み出るのであった。

家並の上に月が昇って、アパートの窓が明るくなる頃には、酒が進み、瀧澤氏の顔がまっ赤になった。将棋を一番指してから飲むんだったなと悔んだが、後の祭だった。

小早川君は他愛なく酔って、将棋なぞ指す元気はもうなかった。

4　二閑人入浴の図

「近く近所の巌湯が再開するそうですから、将棋がてら入りに来ませんか。」と、小早川君が誘って以来、瀧澤氏は風呂支度をして小早川君のところへ来るようになった。「今日は、午前中に十二三枚やって、すっかり疲れちゃった。」と、仕事のあとの疲れと歓びとを顔色にあらわしながらやって来る瀧澤氏は、袂《たもと》の中から、石鹼箱をくるんだタオルと、安全剃刀《かみそり》とを取り出してそこらに置き、将棋盤に立ち向かうのだった。一番二番指しているうちに、あたりが夕暮れて来て、風呂に入るのに丁度の時間になるのである。そこで二人は連れ立って、小早川君の近所の巌湯というのへ出かける。小早川君の家からは、猿又一つで飛び込める近さである。

暮れの二十二日、冬至で柚子湯の立った晩は、日曜日の夕方でもあって、ふだんは比較的閑散な巌湯も、大変な混雑だった。硝子戸を明けて、流し場へ降りた途端、瀧澤氏が危く転びそうになった。柚子の皮を踏んで辷ったのだ。

「おや、危い。」と言って小早川君が手を藉《か》そうとすると、

「いえ、大丈夫。」と立ち直って、瀧澤氏は悠々歩きはじめた。

すると、二人の声を聞きつけて、カランの側から頭をあげた男がある。「今晩は」とお辞儀をされるので小早川君は一瞬戸惑ったが、直ぐ、「花菱」へ来てよく飲んでる男だとわかったので、「今晩は」と頭を下げた。

ぬるぬると、柚子の実の溜った湯槽《ゆぶね》に沈んでいると、ほのぼのと柚子の匂いが立ち罩《こ》めていた。女の子が、流しで、洗桶の中に四つも五つも柚子の実を浮けて遊んでいた。五月の節句の菖蒲湯には、菖蒲の葉をちぎって壁に貼り、人の顔をつくっている子供があった。

「柚子湯って、一寸感じがありますね。」と小早川君が言った。

「今年は柚子が手に入らないんで、柚子湯を廃止したところもあるらしいが、ここは

割合豊富だな。――柚子湯なんて、いつまでも保存したいなア。」

そんなことを話しているところへ、さっきの男が入って来た。

「貴方達は、酒飲む時だけ一緒かと思えば、お風呂まで一緒ですか。」

「しょっちゅうではないが、時々一緒に入りますよ。今まで将棋を指していたところです。」と小早川君が笑って答えた。

「御近所ですか。」

「僕は直ぐこの近所ですが、この瀧澤さんは、区役所の方です。」

「じゃア、ここまでお風呂に来るのは、大変じゃないですか。」

「半道はありますな。」と瀧澤氏が答えた。

「時間にして、二十四五分はかかりますな。一風呂浴びてから、一寸一杯と来るんですか。」

「そういうわけでもないですがねえ。」と瀧澤氏が笑った。

そこへ、風呂屋の男が、新しい柚子を、笊《ざる》いっぱい持って来たので、湯口に近く沈んでいたその男は湯の中を遠くへ移って行った。新しい柚子がポカポカと海月《くらげ》のように浮くと、柚子の匂いは一際鮮烈になって来た。

その時、河口湖の風景を描いたペンキ絵を見上げながら、小早川君が言った。

「この間、男の子が二人来ていましてね、小さい方が、兄ちゃん、あれ、日本一の絵描きが描いたのか、と訊いていましたよ。」

瀧澤氏は微笑んだ。

「僕の行く寿湯には、潮ノ岬の燈台が描いてありますよ。是非、今度から、タオルと石鹼箱を持っていらっしゃい。寿湯はきれいですよ。中央線沿線で第一とかで、わざわざ省線に乗って入りに来る人もあるそうです。」

「じゃア、今度行くことにしましょう。」

混み合うカランの前に、二人はからだをすぼめて座を占めた。

「ここの風呂が肩々相摩すなんて、全く珍らしいこってすよ。」と小早川君が言った。

「そうらしいですね。」

「やっぱり、このあたり、新市域だから、人家が疎《まば》らなんですね。」

「それに、大概自家用風呂を構えてるでしょう。」

「それが、大いにあるんですよ。――ここのお風呂の最大の得意と言えば、A大学の陸上競技の選手ですね。直ぐそこに合宿がありますから。」

「このお風呂屋そのものが、いつか、合宿になったことがありますね。」と小さく細った屑石鹼を器用な手つきでからだから腕、脇の下へと塗りながら、瀧澤氏が言った。あまりに器用な手捌《てさば》きなので、小早川君はそれに見惚れてしまい、直ぐには返事をすることも忘れていた。学生時代に深耶馬渓《しんやばけい》の旅館に泊った朝、一人の友人が非常に器用な手つきで屑石鹼を掌で溶き、顔を洗うのを見て感嘆して以来のことである。石鹼でからだを洗うと言えば、タオルに塗ってから擦ることしか考えず、屑石鹼などいつも無駄にしていたので、あんなふうにしてからだへ塗る方法もあったのだと、瀧澤氏の手つきを見ながら、まるで子供のような好奇心が動くのであった。よし、今度からああしてやろう、と小早川君は、胸をときめかした。

「ああ、そうそう。夏のことでしたね。」と、小早川君が気の抜けた返事をしたのは、暫くあとのことであった。

或る夏の晩、小早川君のところで将棋を指して外に出ると、いつもはがらんとして暗い巌湯の中に、煌々と電燈が点って、ハーモニカの音など聞えるのである。二月頃から代替りして、休業中の巌湯なのである。何か貼紙がしてあるようだからと近づいてみると、××歯科医専合宿所と書いてあった。お風呂屋が、アパートに改築されることの多いこの頃、巌湯もとうとう選手合宿所に変ったのかと、小早川君は淋しい思いだった。その間巌湯の連中は分散して、或る者は観音湯に、或る者は笹乃湯に、思い思いに行くのだった。小早川君は坂をのぼって観音湯に行き、近所のクリーニング屋の老人などは、林を抜けて笹乃湯へ通った。ところが、十一月に入って冬が近づくと、突然巌湯が開場になり、巌湯の連中は再び巌湯にかえり、毎日顔を合せているのである。

瀧澤氏が安全剃刀で顔を当っている間、小早川君は湯につかってみたり、湯槽の縁に腰かけてみたり、柚子を取って匂いを嗅いでみたりした。瀧澤氏が済むと、一緒に本浸かりに浸って、前後して出て行った。顔を当らない時には、いつも瀧澤氏が先に出て、小早川君があがってゆく頃には、もう椅子に腰かけて新聞を読んだりしている。瀧澤氏は湯を使うのも水際立っていて、さっと流してあがってゆくのである。小早川君は、垢を落すのを楽しむがごとく、擦ってみたり流してみたりしていて、時間の経つのも知らないのである。瀧澤氏が、二日にあげず風呂に行くのに反し、小早川君は入らなくなると、一週間にも十日にもなったりする。早湯長湯の分れは、そこらにも原因はあろう。

「晩飯前の一杯をやりませんか。」お風呂屋の前の広場に出ると、瀧澤氏が足を停めて言った。

「いいですなア。じゃア一寸石鹸を置いて来ますから。」

小早川君は一走りうちへかえって石鹸などを置き、それから二人連れ立って「花菱」へ向かうのであった。瀧澤氏は、髪を寝かせるために、湯から出ると必ず、手拭で頭を締めている。街を歩いてもおでんやへ入っても、そのままである。

「一杯飲めると思って、出かける時の気持が一番好いですなア。」

「金なんか、たいして欲しいと思わないけれど、飲みたいとき一杯飲むだけの金は欲しいですなア。」

「花菱」に入ると、瀧澤氏は安全剃刀と石鹸箱とを飲み台の上に置き、酒が来ると、一杯啜っておいて、突き出しをつつくべく徐《おもむ》ろに割箸を割るのである。小早川君は何度も腰掛椅子を飲み台に引き寄せ、からだの安定を計ってのち、盃を口に持ってゆく。演説使いが、口を開く前に何度も何度も咳払いをすると同じように、小早川君が腰掛椅子を何度も引き寄せるのは、酒を飲む前の予備行為なのである。

　大晦日の晩は一年一度の終夜営業だったから、二人は「花菱」を初めとして二三軒飲み歩いたすえ、最後に泥溝《どぶ》のふちのちゃちな酒場で、二人っきりで独逸語の歌など歌って夜を明かし、その酒場の前で別れた時は、東の空が白々と明け初め、星の光も薄れていた。小早川君は宵に買ったアルマイトの洗面器を持ち歩いていた。

「じゃア元気で行ってらっしゃい。」

「六日の晩にかえります。」

二人が手を挙げ合って別れた時は、もはや元日の別れであった。瀧澤氏は、その日の午後、娘さんを連れて静岡市の姉の許へ旅立つのであった。

七日は雪であった。瀧澤さんは昨夜帰ったなと思ったけれど、小早川君は雪に閉じ籠《こ》められて、もどかしい一夜を過ごした。

八日の午後三時過ぎ、小早川君は袂に石鹸箱とタオルを入れ、雪解け道を拾って、三宝荘アパートへ向った。一番将棋を指せば、丁度お風呂へ入る時刻になる、それを見計らったのである。省線駅近くの街なかまで来ると、向こうで、なんだか見たことのあるような男が、小早川君を見つけて手を挙げたようだと思ったら、瀧澤氏であった。ニコニコしている。

「やア。」

「どうも御無沙汰いたしました。どちらへ。僕んち?」

「そうです。あなたは？」

「一番指し初めやってから、風呂に入って来ようと思って……」瀧澤氏は懐からタオルなど取出しながら笑った。

「僕もそのつもりだったんです。」小早川君も袂からタオルなど取り出して見せながら、二人は笑い合った。

「いつ帰りましたか。」

「一日遅れて、昨夜帰ったんです。……これ、お土産のつもりで……。」

「いや、どうも。」

山葵《わさび》の商標を貼り、小綺麗な箱に入った静岡漬を、瀧澤氏は指先にぶら下げて歩いていたのだ。今度はそれを小早川君が指先にぶら下げた。

「僕んちへ帰りましょう。」小早川君が言った。

「いや、どちらが近いかな。」

「丁度中間でしょう。」

「いや僕の方が少し近いよ。僕んちへ行きましょう。」

そこで二人は三宝荘アパートへ引き返して行った。

「元日はね、二日酔いしちゃって、屠蘇《とそ》も飲まなけりゃ雑煮も食わず、夕方までうつらうつら眠って、夕飯を一杯食ったきり、また蒲団にもぐり込みました。三日は、妹や子供達を連れて明治神宮に参拝し、五日は、古い文学仲間の会で新宿へ行き、昨夜は、正月酒が一合程残っていたから、雪の音を聞きながら、うるめを火鉢であぶって一杯飲みました。」

小早川君が、途々《みちみち》、口の間もなく、長い思いをした正月七日のことを語ると、瀧澤氏は瀧澤氏で、娘と甥二人を連れ、日本平へ行ったことや、吐月峰《とげっぽう》へ行って箸を買って来たことや、お土産に竹輪を沢山貰って来たことなどを、畳みかけて話すのだった。

「小早川さんに、そこらで出会ったよ。」

「そうお。」娘さんは一人で、火鉢で餅を焼いていた。

「お目出度うございます。」小早川君は娘さんにお辞儀をして、土産にもらった静岡漬をぶらさげながら座敷へ通った。

将棋初めの一番は、小早川君がきれいに捻《ひ》ねられた。

「去年の将棋初めにも僕がやられたんですよ。」

「そうかなア。今のは非常に調子好く行ったな。落手なしのつもりですよ。」

もう一番指すと、今度は小早川君が勝った。

それから、瀧澤氏自慢の寿湯へ出かけて行った。アパートを出ると、雪あがりの空気が青く澄んで、星の光が冴えていた。小早川君は静岡漬をぶら下げながら歩いた。

寿湯は、おでんやや酒場などの並んだ路の奥にあって、雪解けのぬかるみをこいで行くのだけれど、入ってみると、瀧澤氏が自慢するだけあって、旅館のように整っていた。脱衣場に床の間があり、軸も懸かっていれば、寒木瓜《かんぼけ》の鉢も置いてある。建物も新しく、がっしりしていて、流し場には濛々《もうもう》と湯気が立ち罩め、盛なる有様であった。

湯槽は流し場の中央にあって円く、青いタイルで張り、筆洗のように仕切ってある。

瀧澤氏と小早川君とは、青く湛えた湯の中に沈んで、静かな呼吸をしはじめた。

「いつ見ても、瀧澤さんのからだはきれいだな。」

秋の初め頃、一緒に山の鉱泉場へ行って以来、小早川君は瀧澤氏のからだの美しいのに感嘆している。瀧澤氏の顔には、そのかみの秀才の面影と、下谷《したや》稲荷町《いなりちょう》生れの洗練さがあるけれど、時に生活の苦しみがその顔を翳《かげ》らせているのを見逃すことが出来ない。しかし、瀧澤氏の腕や胸を見ていると、生活の翳など微塵もなく、まるで二十代の青年のように赤らみ、肉が張っているのである。

「静岡で少し肥って来たようですよ。」

「僕も正月には毎年肥るんですよ。餅なんか食うからですね。——今年の目標は、完全健康ということにするつもりです。」

「それは好いですね。そして仕事するんですな。」

それから、カランの前へ並んで二人は洗いはじめた。小早川君は、頭から次第に下へ洗いおろしてゆく。それに反し、瀧澤氏は先《ま》ずからだから洗い、最後に頭を洗うのである。

5　二閑人遺繰りの図

さて最後に、瀧澤氏と小早川君との、生活上の遺繰りについて、少し書いておこう。二人の生活が豊かでなく、時に急迫することは、はしがきにも書いた通りであるから、遺繰りと、力になり合うこととが、彼等の生活と交游との少からぬ部分を占めることは、自然の勢いと言うべきであろう。

小早川君の妻がサナトリウムへ入院する時、保証金を前払いせねばならぬので困っていると、「アルプス短篇集」の訳が再版になったと言って、その印税の半分を割いて、小早川君の急場を救ってくれたのは、瀧澤氏であった。瀧澤氏自身はと言えば、その頃或る借金のために、一ヶ年にわたって、月々相当の額を償還している状態であった。それを知っていたので、瀧澤氏の申出を、小早川君は一旦拒否したのだった。

「いや、たとえ執達吏を寄越して、僕の部屋のもの全部封じたって、欲しいものは一つもないから、封じ度ければ封じさせますよ。」と言い放って、瀧澤氏は受附けなかった。

しかし、そういうものの、月々決った額をキチンキチンと返済することは、並大抵のことではなく、つい滞り勝ちだった。すると、直ぐまた催促を受けるのである。瀧澤氏の顔に、苦悩の翳が射すのは、そういう時なのである。

或る日、瀧澤氏は懐中に十銭玉一つ持って、工面に出かけたことがあった。銀座から出ている或る文芸雑誌に「ハインリッヒ・クライストの恋」という文章を書いて、それの原稿料を貰いに行ったのである。瀧澤氏は、数ある浪漫詩人のうちでも、殊に悲劇的なクライストの轗軻《かんか》落魄《らくはく》の生涯と作品とに傾倒していて、アパートの部屋には、二十四歳のクライストの微密画《ミニアチウル》が壁に懸けてある。クライストは、晩年、ヘンリエット・フォーゲル夫人というひとと、ワン湖畔でピストル心中をして果てるのである。

蟇口の中には、たまたま十銭玉一つしかなかったけれど、それだけあれば、銀座の雑誌社まで行き着ける確信が、瀧澤氏にはあった。新宿までは省線のパスがあり、四谷までの乗越しが五銭、四谷から銀座までのバスが五銭、計十銭あれば十分である。それに、前以て、編輯者と打合せがしてあったので、雑誌社まで行けば直ぐ金が貰えるはずである。

そういう算段の下に、十銭玉一つ持って、瀧澤氏は省線電車に乗ったのである。四谷駅で降りて、精算所へゆくと、乗越賃十銭だというのである。四谷までの乗車賃が十五銭だから、新宿までのパスを引いて五銭でいいのではないかと瀧澤氏は執拗に抗弁するのだが、乗越しは、新宿から四谷までの乗車賃、つまり十銭を払わねばならぬという立て前には抗し兼ねて、遂にたった一つの十銭玉を四谷駅で払ってしまったのである。勢い、バス代がなくなって、あとは銀座まで歩かねばならない。幸い、五月頃の好い午後だったので、電車通りを半蔵門に出、お濠に沿って、柳の風に吹かれながら銀座まで歩いたのである。咽喉が渇いたけれどお茶を飲むことも出来ない。雑誌社に辿り着いてやれやれと思うと、今度は、編輯者がいなくて、会計は小切手なのである。而も渡し先が、目黒にある或る銀行の支店となっている。現金にしてくれないかと口まで出かかるのを、弱気に怺《こら》えて、小切手を懐ろにして雑誌社を出たまではいいが、さて目黒まで電車に乗る手立てがない。思案に暮れていると、ふと新聞社にいる友人のことを思い出し、そこへ訪ねて行った。拝むような気持で、友人の在否を尋ねると、友人は丁度居合せたので、食堂で一杯コーヒーを御馳走になり、電車の回数券を一枚貰って、目黒まで出かけたのである。

そんなにまでして、瀧澤氏自身、急場を凌《しの》いでいるのである。そんな話を聞くにつけ、苦しい様子を見るにつけ、「アルプス短篇集」の印税を半分割いてくれたことは、いよいよ深く小早川君の胸に肝銘を刻むのだった。小早川君は、なんとかして瀧澤氏の恩誼に酬《むく》いたいと焦りながら、小早川君自身、うちと病院と、二つの世帯を張るのに追われて、瀧澤氏の力になってやることなど、思いも寄らなかった。

小早川君は数枚の債券を持っていた。長女が学校へ入学する時、将来の学資とせよ、と言って郷里の父親から送って来たものである。小早川君は、生活に窮する度に、一つ覚えのように、それを持って質屋へ駆けつけるのであった。

「随分沢山お持ちですね。」と質屋の親爺が言う。

「いや、僕は買えないですよ。くにの父が送ってくれたんです。」と小早川君は答える。

折角郷里の父の志だから、失いたくなく思うので、小早川君は出来るだけ利子を払って流さないように注意をしている。度々出し入れするものだから、すっかり質屋の親父の信用を得て、この頃は割好く貸してくれるようになって来た。しかし、いつの間にか、流したり売却したりして、今はもう殆ど手許には残っていないのである。ところが、そのうち、郷里の父から、また債券を送って来たのである。長男が学校へ入ったので、将来の学資とせよというのである。今度は相当多額の額面のもの一枚なので、小出しにして融通を受けるわけにゆかない。それを幸いに小早川君は今度こそ大事に取っておこうと思って机の底深く蔵《しま》っているうちに、病院にいる妻の病気が昂進して、入院費のほかに、注射料だけでもかなりの額に達したのである。今はもう、机の底に蔵ってある債券を取り出すよりほか方法がない。

「どっか安い利子で融通してくれるところはないもんでしょうか。質屋はどうも利子が高くて弱るけど。」と、或る日、小早川君は瀧澤氏に相談したものである。

「そうですね。公設質屋だったら、普通の質屋の半分の利子で済みますよ。それに日歩ですからね、月の終りに入れて、一月分の利子を取られるってこともないですよ。満一ヶ月で計算しますからね。」

「そいつは、いいな。この近所ではどこにありますか。」

「すぐ、K町にありますよ。」

夏になって一番暑い日であった。小早川君は一枚の債券を懐ろに入れ、省線に乗ってK町の公設質屋へ出かけて行った。瀧澤氏に聞いた道筋だったが、行けども行けども公設質屋は見当らない。古道具屋や屑物屋などのごみごみした通りで、谷底のように低い町筋、じりじり照りつける陽が実に暑い。からだ中に汗が流れて、債券もぐっしょり湿って来た。行き先が行き先なので、滅多なところで訊ねる気がしないまま、焦々しながら歩いていているうち、ここならいいだろうと思って尋ねたのが、一軒の古道具屋だった。子供に乳を含ませたおかみさんが、公設質屋なら、そこを一町ばかり行って、すぐ左側にありますよ、と教えてくれた。

それに力を得て急ぐと、公設質屋は直ぐわかった。西陽に照らされた暖簾を潜ると、でっぷり肥った親爺が出て来た。市から任命されている主任なのであろう。

「誰の紹介で来ましたか。」と尋ねる。

「瀧澤兵五というひとに聞いて来たんです。そのひとはA町にいるんですがね。」

主任は「瀧澤兵五」と呟きながら、帳簿をめくっていたが、「ああ、ある、ある」と、瀧澤氏の名前を見出したらしかった。

「いくら欲しいんですか。」

「三百円くらい欲しいんです。」と言いながら、小早川君は懐ろから債券を取り出した。

「最大限、百五十円しか融通出来ませんけれどね。公設質屋の趣旨が、少しずつ、出来るだけ多勢の方に利用していただくことになっているのですから。」

よっぽど百五十円だけ借りて来ようかと思ったけれど、それだけでは病院の費用は兎《と》も角《かく》、瀧澤氏に酬ゆることが出来ないので、一旦引き取ることにして、小早川君は公設質屋を出た。主任の言う通り、明日は銀行か証券会社へ出かけようと思ったのである。

その翌日、小早川君は市内の証券会社へ出かけて行った。そこでは、なんらの感傷もなしに、金銭の取引が行われ、簡単に貸してくれるのだった。だが、株式取引所というものをまだ見たことのない小早川君は、長椅子に腰かけて、自分の名の呼ばれるのを待ちながら、砂漠にいるような気がしてならなかった。算盤《そろばん》の響き、貨幣の音、紙幣の束、証券類の堆積。もっと感傷や湿《うるお》いがなくては、自分には到底こういうところで辛抱出来ないな。花の鉢が一つ欲しい……。

しかし、自分の名が呼ばれて、蟇口に入りきらぬだけの紙幣を受取った時には、小早川君は流石《さすが》に嬉しく、算盤を弾いている係りの男に、何か篤い御礼を言いたいような気持だった。

証券会社を出ると、直ぐ郵便局へ入って、病院宛てに電報為替で送金した。支払日たる月末を二三日過ぎていたのである。それから喫茶店に入って、ソーダ水を一杯飲んだ。かえりには瀧澤氏のところへ寄るつもりである。

風の強い日で、窓の外の鈴懸の木が、頻《しき》りに吹かれていた。

孤独先生

どこの中学校にも——敢て中学校とは限らないが——名物先生と言われる先生が、必ず居るものである。各務《かがみ》先生も、僕達の中学校で、正しくその名物先生であった。

しかし、各務先生を名物先生と言っては、語弊があるかも知れない。各務先生に傾倒している校友が聞いたら怒るかも知れない。彼等にとっては、各務先生は、名物先生と言うよりは、それ以上に、もっと神聖に考えられているのである。そして、そういう校友に限って、学生時代には、代数や幾何が出来なくて、各務先生に散々油を搾《しぼ》られ、或いは各務先生の時間と言えば、悪戯《いたずら》ばかりしていて、落第の一度や二度は喰わせられた連中なんだから、不思議である。事実、落第の率の一番多いのは、各務先生の受持学科であった。しかしそういう連中が、在京同窓会にでも集って来ると、まっ先に振り廻わすのが、各務精神であった。

各務先生は、各務嘉太郎と言う名前だったから、「カッカ」という綽名《あだな》で呼ばれていた。他愛ない綽名だったが、それは学校創立以来三十年に余る間使われていたので、「カッカ」と言えば綽名らしい冷嘲のうちに、何とも言えぬ親しさの響が籠《こも》るのであった。僕達は、休憩時間や食事の後などに、廊下や教室に居残って悪るさをしてる。そこへ、廊下の端《はず》れに、各務先生が巡回して来る姿が見えると、「そら、カッカが来たぞ」と、聞えよがしに叫んで、蜘蛛の子を散らす如く、逃げ隠れしたものであった。或る新入の一年生は、「カッカ」というのを各務先生の本姓と勘違いして、各務先生の前で、「カッカ先生」と呼んで、居合わす人達を冷やっとさせたが、各務先生は顔の筋一つ動かさなかった。

各務先生は、悠然と廊下を歩き、悠然と教室に入って来た。各務先生は決して堂々とはしていなかった。赤茶けた八字髭を生やしていたが、小柄で、痩せて、撫で肩であった。それでいて、朝礼に臨んでいるところや廊下を歩いているところなどは、如何にも悠然と構えていて、寧《むし》ろ大柄に見紛《みまが》うほどであった。両腕を、口髭の延長線上に矢張り八の字に伸して、右手には定規やコンパス、左手には白墨筥や教科書や出席簿や閻魔帳などを持ち、脚を踏ん張っていた。抱え込んで、猫背で歩くということはなかった。いつも、古びた紋附に袴を着け、紺足袋に上草履を穿《うが》ち、胸を張っていた。

夏になると、キビラと称する麻織の着物を着て来たが、キビラはまた生徒の夏の制服でもあった。因みに、冬の制服は、紺の筒袖に紺の袴であったが、それは大正の終の頃までつづいた。毎朝服装検査があって、一番口喧《くちやかま》しいのが各務先生であった。先生は、袴の紐や背嚢《はいのう》の紐を垂《た》らしている生徒を見附けると、側へ寄って行ってツンツンと引っ張った。口喧しい癖に、その仕草が子供っぽくて、注意される生徒は自ずと顔を綻ばすのであった。中には、注意をされると遣り返し、押問答するのが面白さに、わざと袴や背嚢の紐を垂らしておいて、各務先生から注意されるのを待ち設けている生徒もあった。僕なども、その一人であった。

各務先生が洋服を着て来ると、生徒はわあッと囃《はや》し立てた。各務先生が洋服を着て来ると言えば、修学旅行か運動会の時に限られていた。それも時代遅れの、恐らく明治三十年前後のものと覚しい洋服で、最も人眼を驚かしたのは、そのネクタイであった。なんだか、ネル地か毛ば立った羅紗のような柄で、それが途法もなく大きく、胸高に結ばれているのだった。

各務先生は、学校の主であった。学校の創立が明治三十五年で、それ以来昭和の七八年頃退職するまで、三十年に余る間、田舎の小さな中学校に埋もれて、その教員生活の殆ど全部を終えたのであった。それ以前には、どこかの中学に一二年居たことがあるらしい。学校も、最初は県立第二中学の分校として出発し、独立して第四中学となり、それから、第三中学となり、現在のN中学に発展して行った。各務先生はその間にあって、十代に余る校長を送り迎えして渝《かわ》りなく、時には校長排斥の忌わしい同盟休校のようなものも度々あって、創立以来の古い先生やその他が、次々に学校を去って行った中に、各務先生だけは、いつも清く圏外に立って、身を全うせられたのであった。と言っても、保身の術に汲々としていたわけではない。先生の人格が自然にそうさせたのである。生徒の方は生徒の方で、各務先生だけは傷つけてはならない、各務先生だけには巻き添えを食わせてはならないと、意識無意識のうちに、各務先生を守り合って来たことも、争われない事実である。教頭にという声は常にありながら、各務先生自身が肯《がえ》んじないので、最後まで三席であった。

数ある先生の中には、授業中に、明らさまに生徒の歓心を買うような無駄口を喋舌《しゃべ》る先生もあった。交通不便な、僻遠の、小さな中学に愛想を尽かして、来任匆々《そうそう》、直ぐ飛び出して行く先生もあった。土曜日や日曜日には、草鞋脚絆《わらじきゃはん》掛けで村々を廻って、教化の講演に歩く先生もあった。第一次世界大戦当時の好景気に釣られて、銀行の重役に鞍替えして風を切っていたかと思うと、不況の波を食って銀行が没落すると、直ぐまた学校に舞い戻って来ていた先生もあった。

これは、僕達が学校に籍を置いた時分のことであった。まして三十年の間には、種種雑多な風潮が、各務先生の周囲を取巻いたにちがいない。しかし、どのような風潮に取巻かれようとも、各務先生だけは、右も見なければ、左も見なかった。ただ、来る日も来る日も、手に定規とコムパスとを持って、教室に現われ、教室を出て行くだけであった。他のことは、何もしなかった。何も考えていなかった。ただ、それだけであった。三十年に余る間、ただ、それだけであった。だが、思いきや、その間に、N中学の精神が、この先生によって体現せられてみようとは。そしてそれが恪勤精励だとか、温厚篤実だとか、そんな面白くもない辞令で片附けられるものと訳が違うことは勿論である。若《も》しそれだけのことであるなら、あれほど多くの校友に親しまれたり懐しがられたりすることはないであろう。十年経っても二十年経っても、僕達に忘れられないのは、あの各務先生の孤独に徹した風格と人間味なのである。

各務先生は、物理学校の古い出身だとかで、十年一日の如く、菊池大麓の幾何の本を使っていた。その本のことなら、隅から隅まで知り悉《つく》していたにちがいない。その代り、新しい教科から遅れていたことも否めなかったにちがいない。各務先生が素手でもって線を引いたり円を描いたりすると、定規やコムパスを使ったと同じであった。a+bや、a−bなどの式が長くつづいて、それを小括弧や中括弧がかかっているのを見ると、虫が這っているように綺麗だった。そしてそれらの式は、蚕が糸を吐き出すように、各務先生の白墨から吐き出された。式を書く合い間合い間には、怠け者や悪戯者をガミガミ叱りつけて、口から泡を飛ばしたりしているが、しかし時間が終ると、もうけろりとして手をはたき、油気のない頭や色褪せた紋附に白墨の粉をかぶったまま、教壇を降りて行くのだった。

或る時僕は、黒板に出て幾何の問題を解かされたので、「角Aト角Bノ等シキコトハ火ヲ睹《み》ルヨリモ明カナリ」と答を書いて帰って来た。すると各務先生は、黒板拭きを取って、それを消しながら直すのであった。

「火ヲ睹ルヨリモ明カナリは余計だね。故ニ角Aト角B相等シで十分である。」

そう言う各務先生は、悪戯と知ってか知らいでか、怒りもしなければ咎めもしない。勿論裏を掻《か》こうとしているのでもない。真面目なのである。その顔を見ても、微塵の冗談気もない。有るが儘《まま》のものを、まともに、本気になって相手にしているのである。しかしその本気なところが、如何なる洒落や冗談口よりも可笑しいので、各務先生がそんなふうに言うと、みんな思わず笑い出すのであった。それで僕の悪戯も望みを達するわけであったが、各務先生は、非常にすぐれた心理家だったのかも知れない。

榎本武重君は、黒板に出て問題を解いた時、窓雨生と署名して席に戻って来た。

「この問題を解いたのは、誰かね。」と各務先生は生徒の顔を見渡した。

「はい、私であります。」と榎本君はニコニコしながら答えた。

「君は窓雨という名前なのかね。」

「いいえ、それは私の号であります。」榎本君は、教科書にも筆記帳にも、すべて榎本窓雨と署名しているのだった。

「号？」と各務先生は聞き返した。みんな笑った。

「はい、私は雨の日に、窓から外を眺めていまして、雨の滴が軒からポタポタ落ちるのを見ているのが、とても好きなもんですから。」

真面目臭って、榎本君がそう答えたので、教室中はどよめいた。その時くらい、各務先生が困った顔をしたことはなかった。先生は、小指の先の伸びた爪で、皺《しわ》んだ頬っぺたを掻きながら、苦笑いをするきりで二の句が継げなかった。詩的感傷くらい、各務先生にとって苦手なものはなかったにちがいない。榎本君はまんまと、各務先生を攻略したのであった。

雨と言えば、梅雨頃の或る小雨のそぼ降る日のことであった。雨に濡れたカナリヤが一羽、どこからともなく飛んで来て、二階の手摺《てすり》に止り、それから廊下に降りて、教室の中へ這い込んで来たことがあった。授業は丁度各務先生の時間で、入口に近く坐った酒井保君がつと席を立ってカナリヤを掴み、各務先生の反応を試《た》めすかの如く、それを教卓の上に持って行った。

「先生、カナリヤが飛んで来ました。」

それを見ると、各務先生は色を為して叫んだ。

「君、何要らんことをするのか。もとのところへ置いとき給え。」

酒井君はまたカナリヤを掴んで、もとのところへ持って行った。各務先生は、それなりカナリヤなんか見向きもせず、黒板に向って、数式を示しながら、説明をつづけた。しかし、生徒の注意はもはやそこにはなかった。カナリヤの一挙一動に聚《あつま》っていた。人怯《ひとお》じせぬカナリヤは徐々に這って、教壇に上り、それから、何思ったか、教卓の上に飛び上ったのである。カナリヤは眼下にありながら、それでも各務先生は見向きもしない。カナリヤは濡れた姿で、寒そうに、教卓の上に蹲《うずくま》った。

新しい数式を書く必要があって、各務先生は黒板に向わねばならなかった。少し手間取ってる隙を狙って、教卓の真ん前の席にいた小菅達道君が、ひょいと手を伸してカナリヤを摑み、ふところに入れて素知らぬ顔していた。各務先生は式を書き終えてしまうと、こちらを振向いた。その拍子に、思わず視線が教卓の上に落ちた。各務先生としては、不覚のことだったにちがいない。しかし、そこには、カナリヤの姿は、影も形も見えなかった。まるで手品のような塩梅である。皆が囃し立てるように声を挙げた。その笑いで、各務先生は総てを察したのにちがいない。

「誰だ、ここにいた小鳥を取った者は。」と各務先生は、額に筋を立てて、詰め寄るように叫んだ。そして先《ま》ず、特徴ある癖の、中指と人差指の二本指しで、まん前の小菅君を責めた。

「君だろう。」

「いいえ、私ではありません。」と小菅君は含み笑いをしながら答えた。

「君だろう。」

「いいえ。」

「君だろう。」

「いいえ。」

小菅君の前後に並んだ二三人が二本指の追及を受けたが、勿論みな知らぬ存ぜぬであった。すると、あの榎本窓雨君が、窓際の席から言った。

「先生、カナリヤはさっき、この窓から飛んで行きましたよ。」

みんな笑った。榎本君が指差す窓の外には、小雨が煙って、軒端からは誂《あつら》え向きに雨の雫が落ちていた。先生も腰を折られた形で、途端に何喰わぬ顔に返って、新しい説明に取りかかった。

今度の次ぎ、各務先生がまた黒板に向って数式を書き始めると、小菅君はふところからそっとカナリヤを出して、それを教卓の上に載せた。ふところから出されたカナリヤは、呆けたような恰好で、キョトンとしていた。各務先生が振向くと、カナリヤはまたもとのところに、ちゃんと蹲っているではないか。生徒達はまた一斉に囃し立てた。

　すると各務先生は、物をも言わずに、筋張った手にカナリヤを鷲掴みにすると、廊下に急ぎ足に出て、無慈悲と思われるくらい無感動に、雨の中も構わずカナリヤを投げ棄てた。カナリヤは落ちかかるように、手摺の前の松の枝にひっかかると、雨に濡れながら、枝から枝を伝っていた。しかし授業が済んで、僕達が争って廊下に出てみると、どこに行ったのか、カナリヤの姿はもう見えなかった。

　各務先生にも、しかし、たった一つ、道楽があった。それは、囲碁であった。各務先生の碁と言えば、町でも有名であった。町の碁打ちは、金物屋の主人の神崎さんか、中学校の各務先生かと言われていた。各務先生が碁に強いのは、数学の頭脳に関係あるもののように、僕達は解釈した。頭が緻密だから碁も強いはずだという風に、僕達は言った。校長も教頭も剣道の教師なども皆碁が好きであったから、学校の内だけでも、相手には事欠かなかった。学校が放課になると、独り者の剣道教師が住んでいる宿直室の入口に、靴や上草履が乱れ、障子の内で高笑いの聞えていたのは、各務先生も交って、いつも囲碁が闘わされていたのだった。

「口惜しかったら、またいらっしゃい。」と、いつか校長が大きく笑いながら、その宿直室から客人を送り出しているのを見かけたことがあったが、送り出されていたのは、女学校の校長であった。中学校の校長は、大兵肥満で、女学校の校長は小兵で、いつも大きなヘルメット帽を冠っていた。女学校の校長が、負けて帰るところだったと見える。校長の後からは、教頭や各務先生なども出て来て、共々見送っていたが、各務先生は表情一つ動かさず、口を拭ったような顔をしているので、勝ったのやら負けたのやら判らなかった。各務先生の顔からは、いつも何物も判断されないのだった。

しかし、碁に対する各務先生の本領が最も発揮されるのは、下宿の二階の一室で、唯一人碁盤に向っている時だったにちがいない。

「カッカの下宿へ行くと、毎晩一人で碁を打ちよるぞ。」という風評が、生徒達の間に流布されていた。その当時の僕達は、一人で碁を打つとか、一人で将棋を指すとかいうことが、どんなことだかまだ知らなかったので、そんな風評を耳にすると、独り角力《ずもう》などの聯想《れんそう》から、なんだか荒唐無稽に感じられるのだった。そして、その荒唐無稽なことに毎晩心魂を打込んでいることが、また如何にも各務先生らしく思われるのだった。

各務先生は、下宿住いであった。N中学に奉職中、三十年に余る間、下宿の独り暮らしであった。そうは言っても、独身なのではなかった。奥様や子供さん達(みんな女の子供さん達だと聞いていた)は、郷里であるK市に置いてあって、手許に呼ぶこともなければ、休暇に帰省する以外には、会いに帰ることもなかった。僕達を引率して、K市へ修学旅行に行った時も、一週間許《ばか》り滞在している間に、自宅に立ち寄るなどということは一遍もなかった。

そのような各務先生のことであるから、碁への打込み方も、尋常一様ではなかったことが察しられる。深夜に、下宿の一室で、棋譜を片手に、蟷螂のように盤面を睨みながら、黒や白の石を置いてみたり取ってみたりしている各務先生の姿は、荒唐無稽を通り越して、鬼気迫るものがあったのではないだろうか。試験の採点をする以外には、仕事もない人附合いもしない。話相手もない。毎晩、三十年の間、一人っきりである。そんな各務先生が、どんな気持で盤に対していたか、想像するに難くない。盤に対するよりほか、孤独によって喰い破られようとする心を縫い止めるすべがなかったのにちがいない。従って、静に楽しむというよりは、おのずから気は鋭く、眼は血走っていたのではないだろうか。障子をあけて覗いても、人を近寄せないような後姿をしていたのではないだろうか。

僕達の知っている各務先生の下宿は、或る家具屋の離れの二階であった。大学帽のような菱形の正帽を冠った各務先生は、朝になると、独りで碁を打っていた人とは思われないような顔をして、簞笥や鏡台や火鉢などで所狭い店口を、からだを斜にしながら出て来るのであった。その姿を見ると、僕達は立ち停って、挙手の礼をした。すると各務先生は、心持俯《うつむ》向き加減に眼を落しながら、挙手の礼を返すのであった。まだ各務先生に就いて代数や幾何を習わず、近づき難い思いをしている小さな一年生にも、丁寧な礼を返して、喜ばせるのであった。

僕は各務先生について、奇妙不思議な光景を一つ、忘れることが出来ない。それは前に書いた、K市へ修学旅行に行く時のことであった。N町からK市へ行くには、汽船で十時間許りかかるのだが、その間各務先生は、仰向けに寝たきりなのであった。僕は友人二三人と一緒に、途中の港から乗り込んだので、後れて三等船室に降りて行くと、その船室の底に、嘔《は》き気を催すような温気の中に、色青褪めた各務先生が、額に濡手拭を載せ、眼を瞑って、寝ている姿が眼に映った。その周りでは、生徒達が騒いでいた。僕はその光景を見ると、気の毒とも哀れとも、何とも言いようのない気持に襲われた。

K市の桟橋に着くまでの間、各務先生は殆ど身動きしなかった。食事も摂《と》らなかった。便所にも立たない。物も言わない。眼も開かない。気息奄々《きそくえんえん》としていると言うよりも、仮死状態に陥っていると言った方が適切に思われた。尤もその日は、時化《しけ》上りのことで、その前の日には汽船も欠航していたほどだったから、多少海は荒れていたのだけれど、各務先生がそれほど汽船に弱いとは知らなかった。それとも各務先生は、仮死を装ってまで船暈《せんうん》を警戒するほど用心深かったのであろうか。学校の廊下を悠揚と歩いていた面影、教室の中で生徒を取っちめていた辛辣な語気などは、どこを探しても見当らなかった。その観念しきった姿は、生徒として見る可《べか》らざるものを見るような、冒瀆を敢てしなければ見ることが出来ないような、そんな感じを僕に与えた。そんな姿の各務先生を見ることは、寂しいことであった。

僕は各務先生について、以前それと同じような感情を一度経験したことがあった。一時寄宿舎にいたことのある僕は、町の銭湯へ行った。そこで風呂に入っている各務先生に出会《でくわ》したのである。見るともなく眼に入ったのは、痩せた、黄色く膚《はだ》の冴えない、たるんだような各務先生の姿であった。僕は直ぐ眼を逸《そ》らした。見る可らざるものを見たような気がしたのである。教室の中で先生として仰ぎ見るだけでなく、全校生徒の景慕を聚めている人の、裸の姿を見ることは、先生の尊厳を瀆《けが》すような気がして、心が痛んだ。それも堂々たる体軀ならまだしも、痩せしなびたようなからだである。町の生徒達は、風呂屋で各務先生と一緒になるのはしょっちゅうのことらしく、

「先生はどうして水でばっかり頭を洗いますか。」と尋ねると、「君達は湯で頭を洗うから頭が良くならないんだ。」と遣り返されたなどと、平気で話すのだった。各務先生は風呂好きらしく、いつも身綺麗にしていた。独り暮らしでいながら、袴はいつも折目正しく、古ぼけた紋附もきちんと着こなしていた。各務先生は、僕が心を痛めていることなど知る由もなく、湯槽《ゆぶね》から出ると、流し場の片隅に行って、石鹸の泡を一杯立てながら、ひっそりと洗い流していた。それ以来僕は、各務先生に会わないように、出来るだけ各務先生の来る風呂を避けるようにしていた。

さて、船中の各務先生が寝たきりでいるのを見ると、先徒達はこの時とばかり、猫の寝ている間の鼠のように、浮かれ立ち騒ぎ廻るのだが、各務先生は一言も発しなければ、干渉もしない。同じ附添いの英語の先生も図画の先生も矢張り寝ていて、無礼講のように大眼に見ている。生徒達は、先生達の枕許近く、教室の中の仇を取り鬱を散ずる気持から、浪花節を唸ったり、流行唄を歌ったり、駄洒落を飛ばしたり、足相撲腕相撲、中にはどたばた取っ組み合いをして騒ぐものもあった。しかし騒ぎの間々には、生徒達は順番を決めて、各務先生の手拭を取替えに立つことを忘れなかった。「おい、今度は君の番だぞ。」と言われると、順番の来た生徒は、楷梯を駆け昇って甲板の洗面所へ行き、手拭を冷やして来て、各務先生の額に載っけるのだった。

この分では、K市の桟橋へ着けば、聖体でも奉ずるように、各務先生を皆で担いで、甲板から桟橋へと運ばねばなるまいと思っていたら、船が桟橋へ着くと同時に、各務先生はすっくと身を起したのである。「カッカが起きたぞ」と皆が眼を瞠《みは》って喜ぶのを尻眼に、各務先生はさっさと身仕舞いをすると、ぐずぐずしている者を突っつくように督励して、下船の準備をさせるのだった。桟橋に降りると、一同を整列させて点呼を行い、それから小さなトランクを片手に蝙蝠傘《こうもり》を小脇に搔い込み、自分が先に立って、スタスタと電車通りの方へ急ぐのであった。例の時代物のネクタイを胸一杯に結び、後から見ると殊に目に立つ撫で肩だが、その肩でからだ全体に生気を呼び、脚の運びもキビキビしていた。まるで生れ変った人のようである。一方生徒達はどうかと言えば、青い顔をしたり、船の中の騒ぎが覿面《てきめん》に利いて、半ば酔い加減によろけたりしながら、のろくさと各務先生のあとからついて行く始末であった。ここに至って、各務先生は真実に船に弱いのか、それとも、船に乗ると同時に、蛹《さなぎ》かなんかのように本能的な仮死状態に陥って、身の安全を計るのか、判らなくなって来るのだった。

僕達が中学を出て、早くも二十数年は経過した。その間、各務先生と面と会ったことは一度もない。唯一度、路傍に立っていて、通りかかる各務先生の姿を見送ったことがあるきりである。もう十年許り前のことだが、その時僕はK市の親戚の家に身を寄せていた。或る日所在ないままに、褞袍《どてら》がけで外に出て、板囲いの隙間から製材所の庭を覗いたりしてブラブラ歩いていると、小さなお爺さんが、風呂敷包みを提《さ》げて歩いて来る姿が眼に入った。見るなり、なんだか各務先生のような気がした。各務先生のお宅は、その近所だとも聞いていた。しかし、各務先生だったら、小柄ではあったがもう少し大きかったような気がするし、もう少し若かったような気もして、半信半疑なのであった。

僕は道の端に佇んで、近づくのを待った。そばに寄って来たところを見ると、最早各務先生であることは疑えなかった。十四五年に及ぶ年の隔たりを考慮に入れて、現在に定着された各務先生だと思えば、それくらいのお爺さんになっているのは当然であった。「各務先生ではありませんか」――僕はよっぽど呼びかけて、自分を名乗り出たい衝動を感じた。しかし僕は褞袍に懐ろ手をした不様な恰好だったし、当時自分の人生に自信を喪《うしな》って最も落魄《らくはく》感の強かった時だったので、僕は自分を制した。そしてそこに立ったまま、恰《あたか》も胡散《うさん》臭い路傍の人の如く、懐しいような悲しいような気持で、各務先生のあとを見送った。各務先生は脇見もせず、勿論僕にも気附かず、半米と隔たらぬ僕の鼻先を、風呂敷包みを提げて、小刻みに歩いて行った。

それは、半生にわたる孤独な生活の後に家庭の和楽に還り、風暖かなK市の西郊、鏡野の里で余生を送っていられる各務先生の姿であった。

手風琴は古びた

1

菊子は、堀田君が手風琴を弾くので、堀田君を好きになった。

それはそうだ。われわれでも、ひとりの人を好きになるには、たとえば、歯がきれいだとか、トランプの切り方がうまいとか、顔のどこかにほくろがあるとか、酒を飲むと赤くなるとか、ほんの、そんなところから開始するのである。

菊子は喫茶店トワイライトの女ボオイである。堀田君は貧しい画家である。左の脚が少し短いけれど、鼻の秀でた青年である。肉体的疾患に駆り立てられて昼間の劇《はげ》しい制作に疲れると、かならず夕方トワイライトにやって来て一杯の珈琲を飲む。卓子の上の一輪挿しの花や、棚の上の洋酒の瓶や、粗末な油絵の額をつくづく見たり新聞の綴込みをめくったりするのが、この上なく楽しいのである。そういう時には、思わず知らず口笛を吹いたりしている。

堀田君が菊子をモデルにしてみたいと思いついたのは、こうしてうつらうつらとトワイライトの椅子に坐って時間を消していた瞬間であった。思いついた時、冷い胴《どう》慄《ぶる》いがからだの中を走った。

菊子は母親の好みで桃割の魅力を発揮している。髪が黒ければ、唇は椿の花弁のように紅い。着物には矢車草の花が茂っているが、悲しいことには、毎日のことで垢《あか》摺《ず》れが光っている。矢車草は堀田君が一ばん好きな花である。そして、堀田君は眼ん玉のくるくると大きい女が好きである。菊子は、運命的にくるくると大きい（少し大きすぎる）眼玉をもっていて、物に驚いたり狂喜したりすると、顔全体が、球体に輝く。

堀田君は菊子を描いてみたいと念願しながら、実行し得ないで、焦《じ》れていた。恋を打ち明け得ない男の悶えに似ていた。もちろん堀田君はそれを恋だとは認めなかった。恋を芸術家の芸術意慾だと考えていた。

堀田君のいわゆる芸術意慾は、しかし、恋と同じ秘密な情熱をもって昂まって行った。ある晩、立ち上り際に絵具のついたコール天のズボンのポケットから十銭玉を探し出しながら、とうとう思いきって、いつか暇な時に遊びに来ないかと言ってみた。すると、この晴れやかな心をもった娘は晴れやかに答えた。

「絵を見せて下さる」

「まずいんでよければねえ」

「結構よ。……お邪魔するわね、いつか」

ある暑い日の午後、堀田君は省線電車で市内から運ばれて来て郊外の駅に降りると、ふと菊子と落ち合った。省線のレールを挟んで喫茶店トワイライトとは反対の側の郊外の町を並んで歩いた。ぎゅっと足に喰い込む新しい鼻緒のついたフェルトの草履を菊子は履いていた。新しい桃割れ。矢車草の着物。――一月に一度の公休日を、新宿へ活動を見に行ったかえりである。

「これから、うちへかえる？」

「ええ、うちへかえってお湯に行って、夕御飯を食べて、それから縁日へ金魚を買いに行くつもりなの」

「みんなで？」

「ええ、弟や妹をつれて……」

「君んちはやっぱりこの方角だったかね」

「ええ、この道をどこまでもまっすぐに行くの。そしたら郊外電車の軌道へ出るでしょう、そのすぐ手前のところなの」

「じゃア、郊外電車が便利じゃない？」

「でも、あたし、省線の方が乗り心地がいいもんだから」

彼等の行く手に杉の並木がある。そこの路傍に、赤い着物に赤い手甲脚絆《てっこうきゃはん》をつけ、真白に白粉《おしろい》を塗った、女もまじった三人連れのジンタが休憩していた。

「菊ちゃん、僕んとこへ寄って行かない？　すぐそこの杉林の蔭なんだが」ジンタ達の前を通りすぎると、堀田君が勇気をふるって誘った。

「いい機会ねえ、お邪魔しようか知ら」

菊子の眼が大きく輝いて、堀田君を見上げた。

「是非」

堀田君は足もとの幸福な小石を靴の踵《かかと》で蹴った。

その時、彼等の背後で狂燥的な鉦《かね》と太鼓の音が湧き起った。二人はうしろを振り返った。休んでいたジンタ達が立ち上って、身振り可笑しく彼等の行進をはじめたのである。それにしても、人家には遠く人も通らないひんやりとした杉林の中で、何の効果があるというのだろう。しかし真性《ましょう》になってつづける。冷かしているんだと堀田君は思った。そして、恋人同士のようにてれてしまった。

「おかしな人たちねえ」

菊子のその声は、その時弧を描いた。二人は堀田の下宿の見える露路へ切れ込んだのだ。

2

堀田君の画室には、森や林の樹木が茂り、赤い文化住宅が傾き、海の色が紺青に輝き、青い空や矢車草の花やセメント工場などが重なり合い、それから輝き出る多様な色彩と、夏の午後の温度をもった外光とによって、顔料を溶き流したような雰囲気が漂っていた。それのみではない、画架や画集や絵具箱や美術雑誌などが、足も踏み込めないほど散乱していた。

堀田君は重なり合っている絵を一枚一枚取り出しては菊子に見せた。

「ずい分沢山あるわねえ」

「みんな描き殴ったんだから、駄目だ」

「そんなこと、ないわ。……風景画ばっかりねえ」

「これから、人物も書きたい……」

堀田君は、食慾をもった人のように菊子の方を見た。

これは房州で描いた、志摩で描いた、潮来《いたこ》で描いたなど説明してやると、菊子は貪るように眺めた。そのうちに、家の前の原っぱの陽が薄れて、靄が蔓《はびこ》って来た。堀田君は電燈のスイッチを捻《ひね》った。

二人は部屋のまん中に空地を作って、そこに踞《こご》んで、小さな夕飯に就いた。

「レコードを聞きながら食べるとしようか」

堀田君は、箸を置いて立ち上ると、新聞の下積みになっていた古い蓄音器を部屋の隅から取り出して来た。そこで堀田君はバルセロナをかけた。だが何という雑音だ。肝腎の曲は、雑音の旋風の中を難破船のように難航する。しかし堀田君は平気で、蝦《えび》のしっぽを囓じっている。

「たいへんな音ねえ」

「みんな中古市場から買って来たんだから。……蓄音器とレコード十枚と」

「いくら中古でも雑音がはいっちゃ聞きづらいわ。せめてレコードだけでも新しくなくちゃ」

「雑音がはいるのも、そういうけれどいいよ。たとえば拳闘だねえ、競馬だね、ああいうものに似た熱狂的な魅力があるよ。まあ我武者羅《がむしゃら》にかけてみたまえ」

バルセロナの裏はラモナだ。

二村定一のブラームスの子守唄、その裏は荒城の月だ。

藤原義江のペチカと鴫《しぎ》の声。

ガリ・クルチのマイ・オールドケンタッキー・ホームとラヴス・オールド・スイート・ソング。

佐渡おけさは裏も表もだ。

元禄花見踊。……

みんなすむと、空気はしんと静まったが、耳殻《じかく》の中では、雑音の波濤がいつまでもがんがん唸っていた。二人はへとへとに疲れた。

「野性的魅力とかって、頭が痛むわねえ」

ああ、とうとう菊子が本音を吐いてしまった。

それから堀田君は押入の中を探して、弦の断れた古いヴァイオリンを出して来た。

それからマンドリン、それからオカリナ、ハモニカ。

「まるで古楽器商ねえ」

「悪い口！」

「みんな出来て？」

「みんな、少しずつ」

「なにか一つに集中した方がよくはなくって」

「僕は画を描くでしょう、だから眼を使うでしょう。疲れた時は耳の芸術に限る。それも一いろでは駄目。いろいろ聞かなくちゃ」

「まだ何かあって？」

「いいものがあるんだけど……」

堀田君は押入の中へ頭を突っ込んでまだ何か探していたが、最後に取り出して来たのは、埃まみれの古い手風琴だった。

「これ、いいでしょう。くにの水曜市の夜店で一円で買ったんだけど」

「それも、ずい分古ものねえ」

「これでも、もとはMADE IN ENGLANDだぜ。僕の考えによると、どうも子供用らしい」

そう言いながら堀田君は、縮まっている手風琴を引き延ばした。手風琴は風を吸い込み、音をたてて延びた。延びたところが、どうしても子供が腕を延ばしたくらいしかない。堀田君にしてみれば、も少し引っ張り甲斐のあるほど伸びてもらいたいのだ。

「何か弾いてよ」

菊子が催促しなくとも、堀田君は既に掌に唾をつけていた。指先を器用に動かして、ド、レ、ミ、ファを二回繰り返した。それから堀田君の顔が真顔になった。ハモニカ用の略譜帳を畳の上にひろげ「埴生《はにゅう》の宿」を弾きはじめた。指先と腕とが、ぶるぶるとふるえた。手風琴は伸びるかと思うと縮み、縮むかと思うと伸びた。

「力の入るものらしいわねえ」

一曲すむと菊子がいたわるように言った。

「これで中々骨が折れる」

「あたしにも貸して頂戴よ」

菊子も弾いてみた。出鱈目な音がプウプウ出た。引き伸すのも中々骨だが、縮めるのはなおのこと骨だ。手風琴の蛇腹といったら、縮めようとすると、手答えなく、ぐにゃぐにゃと潰えるのである。

「も一つ弾いて頂戴」菊子はド、レ、ミ、ファも試みず、すぐ堀田君に返した。

堀田君は股を開いて立ち上った。左の足が短いので、姿勢は左に傾いている。略譜帳をめくった。トロウメライだ。堀田君の両手は翼のように動きはじめた。技巧的でさえある音が滑らかに出て来る。堀田君の顔は絵を描く時のように真剣である。額に筋が張った。

「お上手ねえ」

菊子の感嘆した声をききながら、堀田君は曲を終った。額から汗が流れた。

「も一つ何か聞かせてよ」

「これと、さっきの埴生の宿しか出来ないんだが……」

「トロウメライをもう一度」

堀田君の顔が、また気の毒なほど真剣になった。両手が翼のように動きはじめた。十八番《おはこ》のトロウメライ。

菊子は、手風琴に没入しきって、ただ手風琴のためのみに呼吸している堀田君を見た。あれほど真剣にならなくとも、ほんの座興でいいのに！

堀田君は堀田君でまた、菊子が並々ならぬ感興をもって聞いているのを意識した。ジプシー女のような満眼の情熱と、涙になる前の豊饒なうるおいとをもって、菊子の眼が水底の石のように輝いているのを十分に意識した。

3

「モデルって言えば、みんな裸になるんかとばっかり思ってたわ」

と菊子は言う。

「裸にならなくて済むので、あたし、ほんとに安心しちゃったわ」

そして本当に胸を撫でるのである。

「裸体の方がよければ裸体でもいい」

「やよ。……あたし、いつか雑誌の口絵で『マンドリンを持てる女』って絵を見たことがあるわ。豊満な女が裸でマンドリンを弾いてるの。そして頭は断髪よ。あたし裸体になる勇気はないけど、せめて断髪にはなりたいわ」そういう菊子の頭の上には、桃割髪がゆさゆさ黒く光っているのである。

「君が断髪で、裸体にもなれるようだったら、僕は今頃せっせと風景画を描いていただろうぜ」

「あたしも、あなたがただの画家だったら、モデルになって上げないわよ。あなたは手風琴を弾くもの。あたし、手風琴大好きよ。音も好きだし、何だか気分も好きだし、それに第一、あなたの真剣な弾き方が素的よ」

「手風琴で好意を持たれるなんて、少々心細いなア」

「もちろん、あなたの芸術は尊敬してよ」

菊子は、堀田君が手風琴を弾くので、堀田君を好きになった。毎朝店へ出る前の三十分か一時間を、堀田君のモデルに立っているのである。――ポーズは、ただ、古びた籐椅子の上へ、トワイライトにいる時と同じ髪と服装でのんびりと腰掛け、膝の上には手風琴を載せていればいいのである。

この一対の男女が献身と努力とを払っている時、下宿の前の原っぱには太陽が照り、草の上の露は蒸発し、あるいは地の上に降りるのである。杉林の中では蟬の声が朝の雨のように降り灑《そそ》ぐ。

仕事がすむと、堀田君は必ずトロウメライを一曲弾いて聞かせる。そうしないと菊子が承知しない。

「いつもトロウメライばっかりねえ。少し食傷気味よ」

「トロウメライはトロウメライでも、毎日同じトロウメライじゃないよ。微妙な進歩をみとめてくれなくちゃア」

「ほんとのところ、昨日も今日もおんなじことよ」

そういうけれども、菊子は堀田君のトロウメライを聞くことが心から好きなのである。堀田君が掌に唾をつけ、左に傾いて立ち上り、両腕を翼のように動かしはじめると、彼女はそこに最も厳粛なものを感じ、餌を待つ雛鳥のように首を伸べ、耳をかしげて、手風琴の音を受け止めるのである。

「手風琴を度々聞いた経験がある？」

「あんまりないわ」

「築地小劇場へ行ったことあって？」

「ないわ」

「あすこでは、ロシアの芝居をすると、きっと手風琴を弾いたものだ。野良で、或は街の角で、或は灰色の部屋の中で、ロシア人は手風琴を弾くんだ。一しきりお饒舌《しゃべ》りがつづいたあとで沈黙が落ちて来ると、きっと誰かがひそやかに手風琴をすさびはじめる……」

「淋しい感じねえ」

「廃兵の手風琴はどう?」

「それも聞いたことないわ」

「僕たちの子供の時分は日露戦争直後で、村から村へ、町から町へ、手風琴を弾く廃兵が蜻蛉のように流れ歩いたものだ。みな歌を歌って、一薬丸という薬を売るのさ」

「手風琴て、放浪者に似合うわねえ」

「手風琴と言えば、必ず廃兵を思い出すのが僕たちの常識になっている」

「あたしなんか、そんな聯想《れんそう》はないけど、――聯想がなくったって好きだわ」

「手風琴を愛するなんて古風な感情だね。――だが僕は好きだ」

八月の中頃、驟雨《しゅうう》のあった朝、しぶきのしぶき込む部屋の中で、堀田君は「手風琴を持てる女」を描き上げた。

「出来た、出来た」

菊子は椅子から飛び下りた。

「今年はひとつN展覧会に出してみよう」

「それがいいわ。入選したら、あたし光栄だわ」

堀田君は眉宇《びう》に意志をこめて、描き上げた絵を遠目に眺めた。菊子の眼、手風琴の古さ、着物の光沢、顔と髪とをプラスした長さ、——菊子の持つ古風な装いを反映して、落ちついた画面である。二十日にわたる苦心の結晶。入選疑いなし——何がなしそんな気持がした。これまで小さな展覧会にしか出したことのなかった堀田君ははじめて意気軒昂とした。

「あたし、展覧会に陳列されて、みんなから見られるの、きまりが悪いわ」

「沢山並ぶんだから、その中でみんなの注意を惹くようだったら、僕の絵も大したものだ」

「これ、きっといいわよ。……あたしを描いたからってわけじゃなくって、ほんとにいいわよ、真面目だから」

「菊ちゃん！」堀田君の大きい声。

「なアに」

振り向いた拍子に飛びついて、堀田君は菊子の首の根へ接吻を与えた。

「左様なら」

はじめての経験にちがいない。菊子は狼狽して汗のにじんだ堀田君のシャツから顔を離すと、まっ赤になりながら、部屋の中を駆け抜け、足駄《あしだ》をひっかけ傘を握ると、泥や水のはねかえるぬかるみの中へ飛び出して行った。

堀田君は雨に倒れた縁先の草花を眺めて立っていた。荒々しい雨垂れの音が、堀田君の耳には和やかだった。

4

空が濃藍色に澄んで、生れたての蛾のようにはかない月が白く浮彫《レリーフ》された。塵埃も雑音も蒼い空に吸収されてしまって、省線電車の音が擡頭《たいとう》して来た。

まだ夕陽が煙っていた頃から、堀田君の下宿の前の原っぱでは、堀田君の新入選祝賀会が開かれているのである。佛蘭西《フランス》から帰朝したばかりで十六点の特別出品をした先輩の一枚田さん、再入選の牧野さん、能村さん、帝展を狙っている加藤さんなど、堀田君を中心にして、ビールを飲んで騒いでいたのであるが、一段落が来て、顔の赭《あか》くなった能村さんが菊子を連れて来ると言って立ち去ったのを、今待ち受けているのである。

「堀田君の前途を祝福します」

草の上に坐っていた一枚田さんが、泡立つコップを持ち上げて叫んだのが、祝宴の初まりであった。

「プロージット」皆がビールを飲み干した。

「有り難うございます」堀田君は余りに晴れがましい乾盃に赤くはにかんだ。そして胸がわくわくと嬉しかった。一人前の画家になったのだ。ほんとの意味で、先輩や友人たちの「仲間」になったのだ。

「堀田さんの絵は人の心を打ちます。堀田さんくらい対象を大切にする人はない。対象を先《ま》ず熱愛し、それから芸術的実践が燃え立つんだ。そこへ行くと僕なんか、対象の如何に拘《かかわ》らず、ただ絵という芸術を弄《もてあそ》ぶ傾向があって、どうしても遊戯的気分が出る」

一枚田さんの眼は、堀田君の制作態度に対する羨望に燃えた。

「熱愛なんて……ただ描いてみたいと思っただけですよ」

そこで、その対象をここへ連れて来てはどうか、という牧野さんの提議となり、温厚な加藤さんが賛成して手を叩いた。

「マダムに言って三十分借りて来い！」

牧野さんの声が突っ走った。すると能村さんがむっくり立ち上り、原っぱの夕闇の中へ犬のように走り去ったのである。

三十分近く待ったであろう。その時原っぱの向うで足音の乱れるのが聞えて来た。皆黙っていた。能村さんと魚のようにとび跳ねる菊子の姿が近寄って来た。すぐ眼の前に来た時はじめて、思い出したように「よう、よう」と言いながら、皆が手を叩いた。手を叩きながら、彼等は一様に、テエプのような幅になって身内を貫くものを感じた。それは秋であった。菊子は水色の着物を着ていた。そして今日はじめて店へ出た無花果《いちじく》を提《さ》げていた。菊子が秋を持って来たのだ。そう言えば、明日一日きりで、あさっての招待日から秋の季節へはいるのだ。

「堀田さん、お目出度う」

菊子が差しのべた手を、堀田君が脂ぎった手でぎゅっと握った。

皆が居たたまれなくなって、もう一度「乾盃」と叫んだ。

「君も一杯飲め！」

牧野さんがコップを菊子の唇におしつけた。菊子は半分ほど飲み下した。

「おい、君たち踊れよ」

能村さんが、堀田君と菊子とを無茶苦茶に抱き合わせた。

「能村さん、レコードがなくっちゃ」

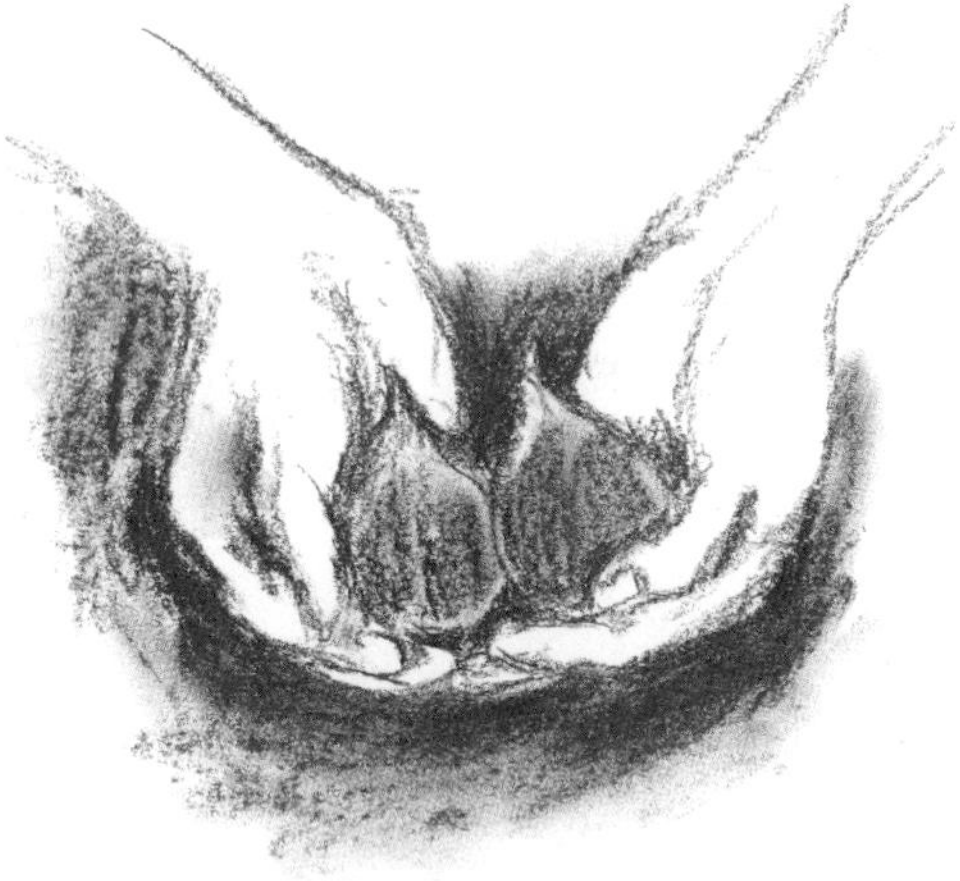

何もかにも心得た加藤さんである。能村さんは又堀田君の画室へ駆けつけた。原っぱでは、蓄音器は音を空へ吐き捨てるようなものだが、掛けられれば頓着なく鳴り出した。――「オーバー・ザ・ウェーヴス」

「さあ、踊ったり！」能村さんが声をかけた。

「あたし駄目だから、あなたたち踊って……あたし見てるわよ」菊子はしょげている。

「出鱈目でいいよ」

「だって」

「じゃア」一枚田さんが立ち上った。パアトナアは堀田君だ。佛蘭西仕込みの一枚田さんと、背が低く、だぶだぶのズボンをはいた堀田君とでは面白いコントラストだ。縺《もつ》れたステップで草を踏みしだき、草の匂いを発散させた。見ている連中は口拍子を取った。

次は牧野さんと能村さんとが踊った。

次は一枚田さんと牧野さん、能村さんと堀田君の二組で乱舞した。

「これはシュル・レアリスムだ」

おとなしく蓄音器とビールを守っていた加藤さんが叫んだ。いつか画集で見た「母親を踏みつける若い人たち」という絵でも思い出したのであろう。蒼い空、傾いた月、蝙蝠《こうもり》、野原の蓄音器、飛び散る音譜、傾いたビール瓶、これらの聯絡錯雑した物象の中で踊り狂う四人の人物の陰影、それを眺めている二人の男女——これは確に度外れの光景であった。

踊りがすむと、四人とも草の上へへたばってしまった。

加藤さんの斡旋で、いきのいいビールを飲んで、四人の騎士達が元気を盛り返えして来るのを見ながら、菊子が促した。

「堀田さん手風琴を聞かして下さらない？　あたし、もうそれだけ聞いてお店へかえるわ」

「異議なし、異議なし」

堀田君は立ち上って画室へかえって行った。そして息をふうふう言わせながら、手風琴を小脇に抱えて来た。

五人の男女が円座を作ったまん中に堀田君は立ち上った。

「楽譜なしですから、うまくいきませんが……」

「異議なし、異議なし」菊子が一人で手を拍《う》った。

堀田君は手に唾をつけた。そしてド、レ、ミ、ファを鳴らした。センチメンタルな「トロウメライ」が、ド、レ、ミ、ファからすぐつづいた。例の如く両手は翼のように動く。傾いた左の肩のところに、月が落ちかかっている。曲が進むに従って、堀田君のからだは頻《しき》りに左右に激動する。だから月は左の肩へかかったり右の肩へかかったりする。

驚くべく緊密な空気が醸されて来た。初秋の夜の底を、トロウメライの曲が静に流れて行く。上手ではないが感興を与えるのだ。五人の聴き手は固くなって凝《じ》っと耳を澄ましているが、音を聞いているのではない。手の動くのを見ているのだ。だがしかし、矢っ張り聞いているのだ。心の蕊《しん》が曲の流れの方へ流れて行く。

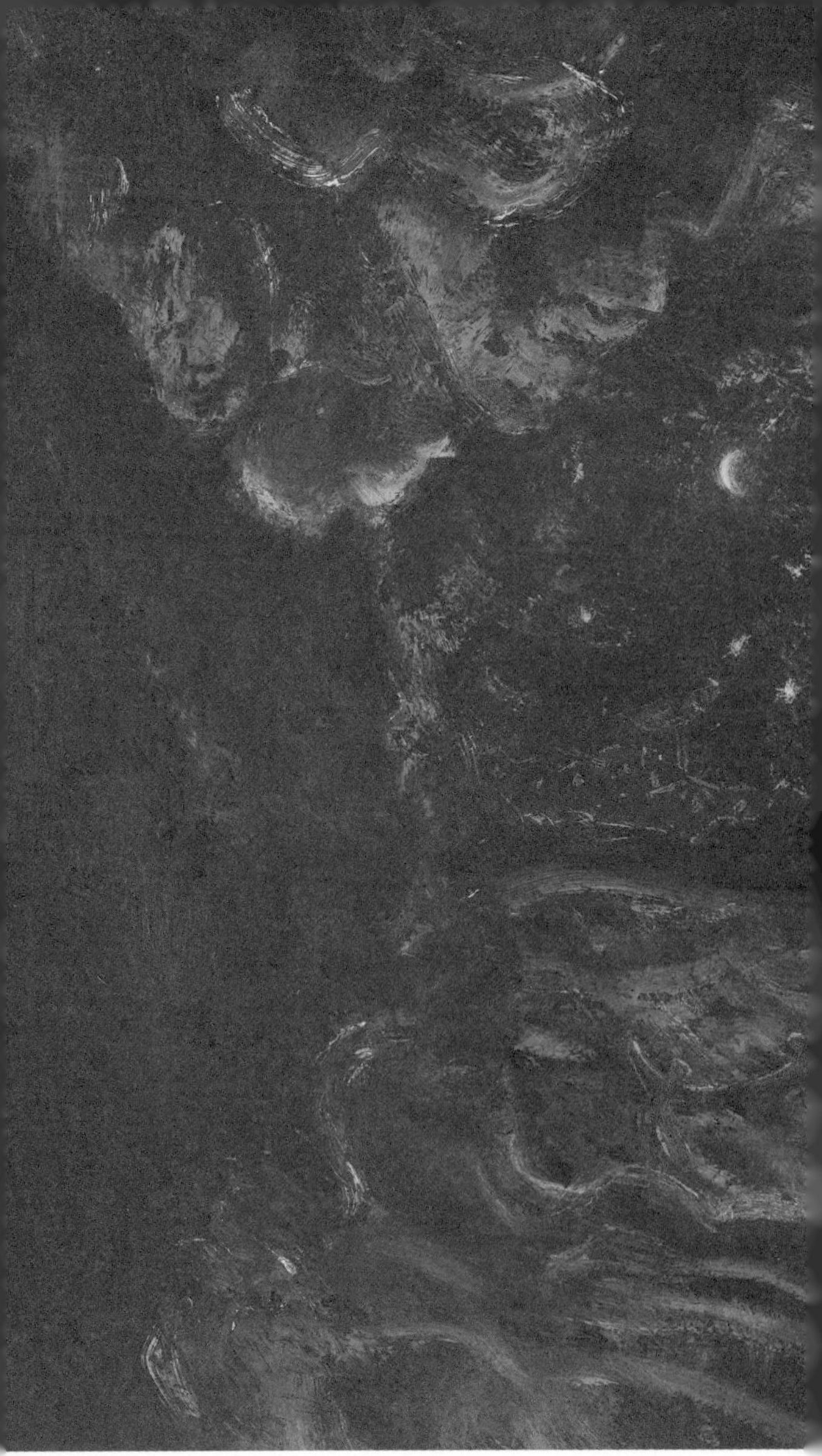

5

九月一日の午前。N美術展覧会の招待日。展覧会を見に来た自動車が、美術館の前で日干しになっている。

黒のソフトを冠り、赤いネクタイをした堀田君が、難儀をする足取りで、矢車草の着物を着た菊子を連れて美術館の階段を昇り、大円柱の中へ消えて行った。

第一室には、裸体や機械や精子などを描いた新画風の絵が跳梁的に列《なら》んでいた。人人は招待日にふさわしく悠暢《ゆうちょう》に、そして社交的に、見歩いていたが、二人は駈足で見て行った。

「虐待されたな」

堀田君は小さく呟いた。目録を見ると、「手風琴を持てる女」は最後の部屋へ陳列されているのだ。最後の室は陰気で、人影も疎《まば》らだった。ここまで来れば、人々は飽満していいるし、疲れていいるし、期待も少いし、停滞せずにさっさと場外へ出てしまうのだ。

堀田君と菊子にとっては、この室が一ばん重大なのだ。二人は動悸を立てながら、「手風琴を持てる女」の前に立った。頬が少し歪んで、眼が大きく開き、手風琴を両手に持った菊子が額縁の中で腰かけていた。堀田君の好きな濃いコバルトの色が、矢車草の花弁に生きていた。

「よく出来てると思うわ」

「先ず先ずいい出来だ」

堀田君は声を励ましてそう言ってみたが、しかし、多くの野心的な作品を見た眼には、画面も小さく、色彩も構図もあり来りのもので、人目を惹くには足りなかった。

堀田君の胸に淋しさが射しこんだ。それこそ、あらゆる良心ある画家に特有な、入選の喜びの直後に来る入選の悲しみなのだ。新入選画家ではあるが、力の足りない、新鋭の気に乏しい、群小画家であることを痛く感じたのだ。自然黙り込んでしまった。

堀田君は傍に立っている菊子を見た。これは何という見窶《みすぼら》しい娘だ！　堀田君は今まで化かされていてはじめて正体にかえったように菊子を見つめた。暗室のような郊外の喫茶店の中から、花やかなここの雰囲気の中へ移植して来ると、すぐ萎《しな》びてしまったのか。この垢に光った一張羅の着物。どうして、この日に当てられた海月《くらげ》のように、何の奇もない娘にあれほどの亢奮を感じたのだろう。非常なる錯覚に陥っていたのにちがいない。しかも、一から十まで堀田君を信頼しきって寄り添い、自分自身の絵姿を惚れ惚れと眺めている菊子を見ると、見窶らしいと同時に、可憐になって来た。人々はかかる感情を、最も親しき妻において経験するであろう。

美術館を出て、明るい日向を歩いていると、堀田君の沈んだ心は再び生き生きとして来た。新入選画家らしく胸を膨らまして歩いた。何もかにもこれからなのだ！　それに気がつくと、風船玉のような浮游力がからだ中に漲《みなぎ》って来た。

「銀座へ行っておひるを食べよう」

二人は公園前から銀座行きのバスに乗った。満員の乗客を押し分け、からだを斜にして女車掌が切符を切りに来た時、堀田君は、「これだ！」と思った。来年は一つ女車掌を描いてやろうと思いついたのだ。暗室の中の女から、街頭の女へ、眼を転じたのだ。それは典型的な女車掌であった。脊《せ》が低く、円々と肥っていた。頬は赤かった。そして左利きで切符を切った。それが堀田君を微笑ました。冬はあの手にあかぎれが切れるであろう。風を引くと、あの頸に白い湿布を巻きつけるであろう。

堀田君が描こうと思うのは、「女車掌の朝」、だ。彼女たちが撥剌《はつらつ》として車庫へ集まって来る朝だ。彼女たちの面からは昨日の疲れが消え、新しい元気が蘇っている。そして彼の描く彼等の一人は、すがすがしい朝のゴールデンバットを吸っていてもいいのだ。

堀田君は菊子を側において、来年の制作期の希望をそんな風に考えるのを、菊子にすまなく思った。けれどもその希望の方が、道徳的反省には拘らず、今年描いた菊子のことを考えるよりも亢奮を喚起するのだ。たとえもう一度、今度は菊子が裸体になって呉れるにしても、それほど亢奮が感じられない。明に恋してさえいた菊子を描き上げてしまうと、直ちにそれを見捨てて次ぎのものを求めて行く自分を、決して移り気だとは解釈したくなかった。芸術家の貪慾だと考えた。芸術家はアレキサンダーやナポレオンの如く貪慾である。彼は、現実という無際限の地図の上を己れの版図《はんと》としてしまうまでは、その蚕食《さんしょく》を止めないのである。

来年の入選祝賀会には、数人の女車掌が丸腰で来るのである。（もちろん、菊子も呼ぼう！）招待日には、制服を着、制帽を冠り、肉附きのいい腓をした彼女たちをお上りさんのように引き連れ、美術館の階段を昇って行くのだ。……

「手風琴の感情ももう古い」堀田君は心の中で呟いた。そして突然声に出して菊子に言った。

「手風琴を君にあげよう」

「ええ？」

菊子は眼を輝した。が、その時バスは銀座の中心へ来て停車した。堀田君はすっかり亢奮しながら、そのままペイヴメントの上へ飛び降りた。菊子もつづいて飛び降りた。彼女は手風琴を弾く画家を愛している。愛されているとも思っている。そして、昼の銀座の人混みの中を、目的のレストランへ、楽しげに彼の蹤《あと》について行くのである。

撰者あとがき

この『孤独先生』で、私が編んだ上林暁の撰集が四冊になった。最初に編んだのが傑作小説集としての『星を撒いた街』（夏葉社）、それと数ある随筆の中から選んだ『故郷の本箱』（夏葉社）と『文と本と旅と』（中公文庫）がある。今回の『孤独先生』は、傑作小説集第二弾ということになる。

上林にとって小説を書くのは随筆を書くのとはまた違った心構えだったと思うが、我々読み手も、一篇一篇上林の小説世界に入っていく喜びの予感があって、小説を読む特別な心構えとなる。上林暁全集を日々読んでいると、選び終わった後でも素晴らしい作品に次々と出会うので、またもう一冊作りたくなるのである。

一冊の本を作ろうと思うと、その途中で方向転換があったり、最初思い描いていた通りにはいかないことも数多く経験する。本書『孤独先生』もその例外ではなかった。ある作家の撰集を編むとき、ベストテンみたいに良いものから順番に作品を並べるのではなくて、私の場合、核となるような作品がいつの間にか心の片隅に姿を見せるようになり、ゆっくりとその周りに作品が集まってくる。

今回最初に現れたのは「手風琴は古びた」という小説だった。私はこの作品を何度か読むうち、上林の作品の中でも特別な味わいがあると感じるようになっていた。私はコロナ禍に入ると、上林の小説を原稿用紙に写したいと思ったのだが、さてどの作品にしようかと考え、思いついたのが「手風琴は古びた」であった。上林の文章を写すことで、リズムや息遣いを感じ取るだけでなく、これからどうなっていくか分からない気持ちや焦る心を鎮めることができると思ったのだ。

「手風琴は古びた」という小説は、舞台が天国であるかのような作品で、清らかな情景を思い描いて読み進むのだが、終わり方に私として少し不満があった。夢の世界のまま終わらせて欲しかったという気持ちがあったのだが、最後に現実を少し見せたところに上林の意図があるのは間違いない。私は原稿用紙に文章を写しながら、最後の部分が作品に深さを与えていると感じることができた。

「手風琴は古びた」は、一九三一年、中河与一主宰の雑誌「新科學的文藝」に掲載された小説で、上林の中では珍しく私小説ではない童話作品とも呼べるものだ。上林がこの「新科學的文藝」を特別な場所と考えていたのは「「新科學的」の思い出」というエッセイを読めば分かる。

——僕は『新科學的』の同人として、いくつかの小説を書いたが、それらはみな僕としては好きな作品のみである。しかしこの感じは僕一人だけのものではなく、恐らく他の同人諸氏も、若き日のよき作品のいくつかを『新科學的』に発表したと考えていられるにちがいない。

この文章で大切なのは、上林は、自分だけでなく他の同人も『新科學的文藝』を特別な雑誌だと考えていただろうと想像しているところで、雑誌というのは自分と並んで載る他の作家の作品が気になるものなのだ。他の作品が力のこもったものであれば、さらに良いものを書こうと思うのだ。

上林が「新科學的文藝」に書いた小説を読むと、「浅草のジョン・フォートランド氏」にしても「北極星発見」にしても、この時期、随筆のような小説から物語重視の本格小説を目指していたことがよく分かる。

あるときから、「手風琴は古びた」に絵を入れるとどうなるのだろう、前から注目している阿部海太くんの絵を入れると上林の小説世界がどう変わるのだろう、そんなことを思うようになった。海太くんには、上林の別の作品を読んでもらい絵を描いてもらったこともあったので、本に出来るかどうか分からなかったけれど、「手風琴は古びた」を読んでもらい十枚ほど絵を描いてもらった。ページをめくっていくと絵が現れる、そのとき物語が中断するのではなく、絵の中に入ってさらに深く物語の中に入っていける。海太くんはそういう絵を描いてくれた。

そして「天草土産」をもう一つの核として、この撰集を組み立てていく。私は「天草土産」を上林の代表作の一つだと考えていて、それも上位に位置する作品で、上林の心にある良質な抒情、旅情が見事に生かされている小説だと思う。上林の「天草土産」は、川端康成にとっての「伊豆の踊子」ではないかとさえ思う。

「天草土産」を撰集に加えることで、何かが動き出し、数多くの小説の中から「淋しき足跡」や「海山」が浮かび上がってきた。巻頭に「天草土産」を持ってくる。巻末には「手風琴は古びた」を。読み終わったあとの気持ちを想像して、それを壊さないように次の作品に入ってもらう。旅の作品を続けることで「天草土産」の余韻を消すことなく、徐々にクールダウンしてもらう。

上林は、六〇歳のとき、二度目の脳出血で倒れたが、それは五高以来四〇年ぶりの九州旅行直前であった。この旅行が実現していたら、「天草再訪」や「熊本での再会」といった小説や旅行記が書かれただろう。図書館での講演も予定されていたのでそれらも記録されたであろう。そのことを思うと残念でならない。

「二閑人交游図」もドイツ文学者、濱野修との交流を描いて印象深い作品だ。濱野修は、上林が最も苦しかった時期に上林の近くにいて上林を支えて下さった。そのこともあり、濱野修の登場する作品は数多くある。例えば、「寒鮒」「湯宿」「林檎汁」「鮑のたより」「白雲郷」「花の精」「猿橋」などである。濱野修登場のもので一冊の本が編めればそれも楽しい一冊になると思う。

本書が大切な一冊として皆さんの本箱に並べられ、ときどき読み返す本になってくれたら、撰者としてとても嬉しく思います。

二〇二三年、三月二二日、山本善行

初出一覧

天草土産　昭和八年「新潮」一一月号に掲載。第四創作集『野』に収録。
淋しき足跡　昭和二六年「群像」一一月号に掲載。
海山　昭和一七年「高校時代」八月号に掲載。第七創作集『明月記』に収録。
夭折　昭和一八年「帝大新聞」に掲載。第七創作集『明月記』に収録。
トンネルの娘　昭和五四年「すばる」五月号に掲載。第二九創作集『半ドンの記憶』に収録。
冬営　昭和一九年「文芸世紀」六月号に掲載。第九創作集『夏暦』に収録。
清福　昭和二二年「小説」九月号に掲載。第一四創作集『晩夏楼』に収録。
景色　昭和九年「作品」一〇月号に掲載。第三創作集『ちちははの記』に収録。
二閑人交游図　昭和一六年「月刊文章」一月号から三月号に掲載。第五創作集『悲歌』に収録。
孤独先生　第一〇創作集『閉関記』に収録。
手風琴は古びた　昭和六年「新科學的」四月号に掲載。

著者略歴

上林暁《かんばやし・あかつき》

一九〇二年、高知県生まれ。本名、徳廣巖城《とくひろいわき》。東京大学英文科卒。

改造社の編集者を経て、作家の道に進む。精神を病んだ妻との日々を描いた『明月記』(一九四二)、『聖ヨハネ病院にて』(一九四六)、脳溢血によって半身不随となった後に発表した『白い屋形船』(一九六三)、『ブロンズの首』(一九七三)など、長きにわたって優れた短篇小説を書き続けた。八〇年没。

撰者略歴

山本善行《やまもと・よしゆき》

一九五六年、大阪府生まれ。関西大学文学部卒業。「古書善行堂」店主。

著書に『定本　古本泣き笑い日記』、『関西赤貧古本道』、『本の中の、ジャズの話。』、『古本のことしか頭になかった』。

編書に上林暁『星を撒いた街』、『故郷の本箱』、田畑修一郎『石ころ路』、寺田寅彦・中谷宇吉郎『どんぐり』など。

本書は、『上林暁全集』(筑摩書房・二〇〇〇～〇一)を底本として使用しました。

本文の旧仮名づかいは現代仮名づかいに改め、旧漢字は新漢字に改めています。

また、今日の人権意識からすると不適切と思われる表現がありますが、作品が書かれた時代背景と作品の価値に鑑み、原文のままとしました。

上林暁傑作小説集　孤独先生

二〇二三年四月二五日発行

著者　上林暁
撰者　山本善行
発行者　島田潤一郎
発行所　株式会社 夏葉社
〒一八〇-〇〇〇一
東京都武蔵野市吉祥寺北町一-五-一〇-一〇六
電話　〇四二二-二〇-〇四八〇
http://natsuhasha.com/

印刷・製本　中央精版印刷株式会社

定価　本体二八〇〇円+税

ISBN 978-4-904816-44-8 C0093 Printed in Japan